TAL SOM MER

SANDRA ALTMANN

TAL SOMMER

Volk Verlag München

Gewidmet meinen Großmüttern Reserl und Luise, meiner Mutter Marie-Luise und meiner Tochter Luisa.

Umschlagmotiv: „Steinwald" von Karl-Heinz Hauser

Die Deutsche Bibliothek verzeichnet diese Publikation in der Deutschen Nationalbibliografie; detaillierte bibliografische Daten sind im Internet über https://portal.dnb.de/ abrufbar.

© 2023 Volk Verlag München
Neumarkter Straße 23; 81673 München
Tel. 089 / 420 79 69 80; Fax: 089 / 420 79 69 86

Druck: Friedrich Pustet GmbH & Co. KG, Regensburg

Alle Rechte, einschließlich derjenigen des auszugsweisen Abdrucks sowie der photomechanischen Wiedergabe, vorbehalten.

ISBN 978-3-86222-454-8

www.volkverlag.de

Uns andere aber hört man dort, wo wir einst lebten, manchmal in den Bäumen. Man hört uns im Gras und im Grillenzirpen, man hört uns, wenn man den Kopf gegen das Astloch der alten Ulme legt, und zuweilen kommt es Kindern vor, als könnten sie unsere Gesichter im Wasser des Baches sehen.

Daniel Kehlmann, „Tyll"

DER FREMDE VETTER

Da sitzt sie, als ob sie nicht hierhergehören würde, aber sie tut es natürlich, eine Frau, die mit der Zeit immer kleiner geworden ist. Gewachsen sind in den achtzig Jahren nur ihre Erinnerungen. Mizzi hält Fotos in der Hand, die aus der Zeit gefallen scheinen. Eine Schwarz-Weiß-Aufnahme zeigt ihre Eltern an ihrem Hochzeitstag. Wie zuversichtlich die Mutter in die Welt schaut. An diesen Gesichtsausdruck kann die Mizzi sich gar nicht erinnern. Sie kennt die Mutter nur mit einer tiefen Falte zwischen den Brauen.

Ein Foto von Mizzis Mann Karl ist auch dabei – Gott hab ihn selig. Mag sein, dass vieles in ihrer Erinnerung zerrinnt wie Sand, aber den Karl würde sie niemals vergessen. So einen Mann gibt es kein zweites Mal – einen, der singen kann und liebevoll ist wie ein zu groß gewordenes Kätzchen, der aber trotzdem hinlangt, wo die Arbeit wartet. Auf einem anderen Bild steht der Karl neben seinem dicken Bruder Franz. Ihren Schwager hat die Mizzi nie leiden können. Der Franz hat die größte Landwirtschaft in ganz Marquartstein geerbt und nie gewusst, wohin mit seinem Größenwahn. Alle kannten den Stelzenbauer als einen Großkotz. An Franz' klobige Hände muss die Mizzi auch manchmal denken und wie sie sich vor ihm geekelt hat, als er ihr wieder und wieder unter den Rock gelangt hat. „Es sieht ja keiner!", hat er gelacht und die Finger unter ihre Unterhose geschoben.

Ein anderes Bild zeigt das Gasthaus Schlossberg. Die Straße auf den Hochgern ist so steil, dass sie mit Rundhölzern verstärkt wurde, sodass sich der Name Prügelweg eingebürgert hat. Und das hatte nichts mit der Schule zu tun, die auch in dieser Straße lag. Auf dem Foto steht der Onkel neben seiner

Frau und zwischen ihnen der kleine Schorsch. Mizzi erinnert sich, wie sie damals gefragt hat, wer denn der Junge an der Hand der Tante sei. Wortlos ist der Onkel weggegangen und hat sich erst Wochen später abends an ihr Bett gesetzt und erzählt. Mizzi sieht ihn vor sich, wie ihm die Tränen über die Wangen gelaufen sind: Gewundert hat sie sich, dass ein Mensch so viel weinen kann, ein Mannsbild noch dazu. Sogar ihr Strohsack ist nass geworden, so fest sind dem Onkel die Tränen vom Gesicht getropft. Einen Vetter hatte die Mizzi. Sie hat ihn nicht kennenlernen können, weil er schon tot war, als die Mizzi auf die Welt gekommen ist. Der tüchtigste Bub im ganzen Dorf sei er gewesen, erklärte der Onkel stolz. Er habe angepackt, wo es ging. In der Schule habe er so gute Noten geschrieben, dass der Hochwürden ihn sogar als Lateinschüler in Erwägung gezogen hat. Im Gasthaus war es seine Aufgabe, sich um die Getränke zu kümmern. Tante Ursel ist in der Küche gestanden und der Onkel hat die Speisen ausgetragen.

Der kleine Schorsch war der Schankbub und die Gäste liebten ihn. Stand Schorsch hinter dem Tresen, hat man ihn zwar nicht gesehen – so klein war er –, doch der Umsatz stimmte. Fünfzig Stamperl konnte er abends an nur einem Tisch verkaufen, vom Bier ganz zu schweigen. Es waren goldene Zeiten, wollte man dem Onkel glauben. Und dass es dem Kleinen gar nichts ausgemacht habe, bis um Mitternacht in der Wirtsstube zu stehen und am nächsten Morgen die Schulbank zu drücken. Gar nicht unterzukriegen sei der Junge gewesen, obwohl noch nicht einmal zehn Jahre alt. Auch die langen Laufwege im Sommer über die Terrasse und zurück zum Ausschank hätten den Kleinen nicht belastet. Der Onkel sei immer stolz auf seinen Buben gewesen, bis der 6. Januar 1890 kam – Mizzis Mutter hat allerweil vor den Raunächten gewarnt: „Je kälter die Nächte, desto böser die Geister!", so hat sie beim Zubettgehen zur Tochter gesagt und ihr die Decke bis über die Nase gezogen.

Das Unglück ereignete sich in der letzten Raunacht jenes Jahres: Nachdem die Bauern des Dorfes die bösen Geister ausgeräuchert hatten, trafen sie sich beim Schlosswirt, weil man mit einem Bier den Dreikönigstag und das neue Kirchenjahr begrüßen hat wollen. Ihre Frauen haben sie daheimgelassen, damit sie die gesalzenen Brotstücke auf die Viehbarren verteilten. Der kleine Schorsch hat an diesem Abend allerhand zu tun gehabt, die durstigen Männer zu versorgen. Auch Marillenlikör und Nussschnaps gingen reichlich über die Theke. Die Stimmung war bärig. Man unterhielt sich, worüber man im Winter eben redete: über den Frost, die Ernte, die Dunkelheit – jeder kannte ein paar passende Sprüche. Und der Lanzinger hat geschrien, dass die große Kälte und die große Liebe nie lang dauern würden. Alle haben gelacht, weil alle gewusst haben, dass der Lanzinger und seine Frau sich nicht leiden können. Man war sich einig, dass der Januar eben zapfig sein muss. Um Mitternacht haben sich die letzten Gäste verabschiedet. Tante Ursel hatte die Küche längst sauber geputzt und war schon ins Bett gekrochen. Der Onkel machte den Ausschank fertig, auch er hatte an dem ein oder anderen Tisch mit angestoßen und wischte vielleicht ein bisschen behäbiger als sonst. Aber es war ein guter Abend gewesen. Um den Kleinen musste man sich nicht kümmern, den Weg ins Bett hatte er immer noch allein gefunden. Doch als man sich am kommenden Morgen für den Kirchgang fertig machen wollte, war der Schorsch nirgendwo zu finden. Draußen lag frischer Schnee, keine Spuren führten aus dem Haus. Also musste sich der Junge drinnen versteckt haben. Der Onkel mag es für einen

Scherz gehalten haben, weil sein Sohn sich gerne dann und wann um die heilige Messe gedrückt hat. Und so gingen die Eheleute ohne den Schorsch zur Kirche, kamen ohne ihn nach Hause und setzten sich ohne ihn an den Mittagstisch.

Spätestens jetzt wunderten sich die beiden, hatte der Schorsch doch sonst immer reichlich Appetit. Als er am Nachmittag immer noch nicht aufgetaucht war, hat der Onkel nochmals das Haus abgesucht und dann bei den Nachbarn gefragt, ob irgendwer seinen Sohn gesehen habe. Die Huberin hatte den Buben seit Tagen nicht zu Gesicht bekommen. Und der Schwendner hat dem Wirt gestanden, dass er beobachtet hatte, wie der Schorsch gestern die Norgerl der Gäste ausgetrunken habe. Da wurde der Onkel böse auf den Nachbarn, weil es sich nicht gehört, dass man einem Zehnjährigen beim Saufen zuschaut. Aber der Schwendner hat erwidert, dass der Kleine doch nur die Reste aus den Gläsern geschleckt habe und da doch nichts dabei sei. Außerdem sei das nicht das erste Mal gewesen und der Sohn eines Gastwirts müsse ja auch was aushalten können.

Am Nachmittag hatte das Gasthaus wieder geöffnet. Tante Ursel ist in der Küche gestanden, der Onkel hat die Speisen serviert. Schorsch hinter dem Tresen aber hat gefehlt. Da musste die Schwendnerin am Ausschank aushelfen. Und der Onkel ist später in die nächste Ortschaft hinüber, um den Gendarmen um Rat zu fragen. Sollte der Schorsch bis zum nächsten Tag nicht auftauchen, würde man ihn polizeilich suchen, wurde ihm hier versichert. Auch am nächsten Morgen saßen die Eheleute ohne den Sohn beim Frühstück. Seine Mutter weinte, schob die Milch von sich und sagte, dass jetzt sowieso alles aus sei. Wenn der Bub – warum auch immer – nach draußen gelaufen sei, dann sei er bei der Kälte längst erfroren. Kein Mensch könne bei diesen Temperaturen überleben.

Gegen Mittag ordnete der Gendarm eine Suche an. Alle Männer des Dorfes sollten nach dem Jungen schauen. Fünfzig Mann waren den ganzen Tag unterwegs, gingen alle Wege, den Waldrand und den Flusslauf ab, während die Frauen in den Ställen suchten. Im Neuschnee fand sich nicht einmal die Spur eines Menschen. Am darauffolgenden Tag weitete man die Suche aus, auch in den Nachbargemeinden und im Hochwald hielt man Ausschau und befragte die Anwohner. Doch niemand hatte ein fremdes Kind gesehen. Zu den Almen konnte wegen der Schneemenge niemand vordringen. Die Tante kochte Rosenkohl, den der Schorsch so gerne mochte. Sie hoffte, dass er, durch den Geruch angelockt, wieder nach Hause käme. Am dritten Tag gab der Gendarm die Suche auf und schickte den Hochwürden ins Gasthaus, der erklärte dem Onkel und der Tante, dass die Wege des Herrn unergründlich seien und die Wahrheit einmal zutage treten werde. Die Dorfbewohner beteten, die Wirtsleute inniger, als sie es je getan hatten. Es wurde viel geredet, was mit dem Schorsch passiert sein mochte: Dass ihn die Drud geholt habe, meinten die einen. Dass ihn die Waldfrau mit sich gelockt habe, die anderen. Und eine dritte Gruppe vermutete, dass einer aus dem Tirolerischen herübergekommen sei und den Buben entführt habe. Es half alles nichts. Man betete und betete und ließ Messen lesen.

Schnee fiel, Schnee taute und der Pfarrer sollte Recht behalten: Im März kam der Frühling und mit ihm die Sonne, die schließlich einen kleinen Körper freilegte, der hinter dem Gasthaus lag, keine fünf Meter vom Eingang entfernt. Bekleidet mit einem Hemd, zurückgekrempelt bis zu den Ellenbogen, und der blauen Schürze über der Lederhose, die der Schorsch immer hinter dem Tresen getragen hatte. Der Mund des toten Buben schien zu lächeln, als hätte er sich nur kurz niedergelegt, ein paar Holzscheite neben sich.

Das alles ist lange her. Die Tränen des Onkels sind getrocknet, auch er ist seit vielen Jahren tot. Geblieben sind die paar Fotos, die Mizzi in der Hand hält. An das Gasthaus muss sie oft denken, an die Mutter natürlich und an die Freundinnen. Wie sie immer gemeinsam zur Schule gegangen sind – mein Gott, über siebzig Jahre liegt diese Zeit zurück!

DIE MIZZI

Dass sie sich beeilen und den Ranzen packen soll, ruft die Mutter von der Tenne hinauf zum Dachboden. Dabei darf die Mizzi heute die Schmetterlinge nicht vergessen, die sie gesammelt und in einen Karton gesetzt hat, weil Lehrer Blüml mit den Schülern die Metamorphose der Insekten durchnehmen möchte. Am Gartentor warten schon der Karl und das Hannerl.

Auf dem Schulweg zeigt sie den beiden ihre Sammlung. Sie zieht den Deckel leicht zurück und tatsächlich schiebt sich sofort ein Schwalbenschwanz durch die Öffnung und flattert davon. „Keine Angst", beruhigt die Mizzi und verschließt die Kiste wieder, „da sind noch genug für Lehrer Blüml drin!" Und so schauen die drei Freunde, wie der Falter sich auf einer Blüte niederlässt, bis plötzlich die Katze aus dem Gebüsch hüpft und den Schmetterling packt. Sie schlägt noch ein paar Mal zu, bis sich nichts mehr rührt. „Eine gute Jägerin ist meine Mimi", sagt die Mizzi und streichelt ihr über das Fell.

„Jetzt aber schnell!", drängt das Hannerl. „In der ersten ist Religion und vom Pfarrer will ich mir keine Strafe einfangen. Hoffentlich vergisst Lehrer Blüml, dass er heute ein Diktat mit uns schreiben wollte." Die Chancen dafür stehen nicht schlecht, weil Montag ist und der Lehrer da sowieso meistens vergessen hat, was er am Samstag angekündigt hat. Der Mizzi ist es eigentlich gleich, ob eine Deutschprüfung geschrieben wird oder nicht. Denn im Diktat ist sie oft die Beste. Das Hannerl aber hat immer Fehler drin und der Lehrer sagt, dass es vielleicht nichts mehr wird mit ihr. Herr Blüml nennt sie das dumme Huhn. Aber Hannerls Eltern meinen, dass es bei einem Mädchen nicht darauf ankommt, klug zu sein. Das Hannerl finde immer einen Mann, verkündet ihr Vater jedes Mal stolz im Wirtshaus. Wenn ein Mädchen so schöne blonde Haare habe, dann brauche man sich um die Zukunft keine Sorgen zu machen.

In Religion hat das Hannerl dagegen immer sehr gute Noten und der Hochwürden betont, dass das schließlich das Wichtigste sei für einen guten Christenmenschen. Mizzi und Karl sind im Schreiben und Rechnen die Klassenbesten. Die anderen Kinder nennen sie die Streber. Das stimmt aber nicht, weil die beiden zum Lernen keine Zeit haben. Am Nachmittag bedient die Mizzi bei Onkel und Tante im Gasthaus und im Sommer begleitet sie hin und wieder die Berggymnasten. Und der Karl muss am Hof hinlangen. „Wer frisst, soll auch die Hände rühren", sagt seine Mutter, die eigentlich gar nicht seine Mutter ist. So haben die Kinder ihre Not, am Abend noch die Aufgaben für den kommenden Schultag zu erledigen. Die Mutter sagt zur Mizzi immer: „Mach schnell, damit du das Licht löschen kannst." Denn sie möchte die Kerze sparen.

Obwohl die Mizzi in der Schule gerne neue Dinge lernt, ist ihr die große Pause am Vormittag am liebsten. Da stellt sie sich zum Lisei, zum Hannerl und zum Karl. Und dann reden die vier über die Katzen von der Huberin oder überlegen, wie man an der Ache Staudämme bauen könnte. Der Karl erklärt, dass er später auch einmal gern eine Landwirtschaft hätte. Er wüsste schon, wie er es anstellen müsse. Heute gesteht er zum ersten Mal, dass er die Mizzi heiraten will, sobald er seinen eigenen Hof hat. Die anderen Buben haben gelauscht und alles mitbekommen. Blitzschnell verbreitet sich Karls Ankündigung über den ganzen Pausenhof und alle lachen über ihn. Der dicke Stofferl schreit, dass der Karl in die Mizzi verliebt sei. Der Stofferl ist aber auch ein ganzer Dorfdepp. Schließlich brüllen alle Kinder im Chor: „Verliebt, verlobt, verheiratet."

Und schon kommt der Franz auf den Karl zu, nennt ihn einen Bastard und bietet ihm an, dass er als Knecht auf seinem Hof gern arbeiten könne mehr aber auch nicht. Dabei haut er ihm seine flache Hand ins Gesicht. Der Karl will sich das nicht gefallen lassen und es dauert nicht lange, da liegen die beiden Buben auf dem Pausenhof übereinander und prügeln sich. Es ist nicht das erste Mal, dass die Streithähne aneinandergeraten. Auf der einen Seite zerren der Stofferl, der Wiggerl und der Ignaz am Franz, weil sie ihm helfen wollen, auf der anderen Seite versuchen das Hannerl, das Lisei und die Mizzi den Karl zu unterstützen. Das macht das Durcheinander nur noch schlimmer, bis schließlich der Hochwürden kommt und mit einem Fingerzeig die Prügelei beendet. Auch Lehrer Blüml tritt auf den Pausenhof: „Das wird Konsequenzen haben!", schimpft er und der Pfarrer schüttelt den Kopf und bekreuzigt sich. Da wissen die Kinder, dass es mit ein bisschen Nachsitzen nicht getan sein wird.

„Und ihr wollt Brüder sein?", fragt der Hochwürden und gibt beiden eine Ohrfeige. Danach flüstert der Franz dem Karl zu: „Du kannst hundertmal bei meinen Eltern wohnen, mein Bruder wirst du nie."

Natürlich bekommen alle nach der Pause vom Lehrer Blüml Tatzen, und noch einen Verweis dazu, und jeder weiß, dass er daheim wieder Prügel kassieren wird, wenn er den Verweis zur Unterschrift vorlegen muss. Gleich am nächsten Tag eilt die Mutter noch vor Unterrichtsbeginn in die Schule hinauf, um dem Hochwürden ein Hendl zu bringen. „Ganz frisch geschlachtet", sagt sie, „nichts für ungut, Herr Pfarrer. Sie wollen das Verhalten meiner Tochter vielleicht entschuldigen!" Und dann knickst sie unterwürfig und ist schon wieder aus dem Klassenraum hinaus, ehe die ersten Schüler kommen.

Aber nach der Prügelei im Pausenhof ist es für den Franz nicht getan: Tags darauf dreht er auf dem Heimweg von der Schule dem Karl den Finger um und zischt: „Wenn mich der Vater deinetwegen noch einmal schlägt, dann hacke ich dir alle Finger einzeln ab!" Und dass der Karl sich nicht einbilden brauche, seinen Hof zu bekommen. Der Mizzi steckt der Franz in der Woche darauf – er sitzt in der Bank direkt hinter ihr – den braunen Zopf in sein Tintenfass, sodass ihre weiße Bluse lauter Flecken kriegt, und raunt ihr ins Ohr: „Für eine feine Dame langt es nicht, aber einen Knecht kannst du ruhig heiraten." Der Hochwürden entdeckt natürlich gleich die Flecken auf dem Stoff, gibt der Mizzi drei Tatzen und sagt, dass ein anständiger Christenmensch sauber im Religionsunterricht zu sitzen habe. Und dann weint die Mizzi. Aber nicht, weil die Tatzen so wehgetan haben, denn der Pfarrer schlägt bei ihr nie fest zu, sondern weil sie so zornig auf den

Franz ist. „Dem zahl ich es heim", flüstert die Mizzi dem Hannerl und dem Lisei zu, „und zwar gleich nach der Schule!"

Hannerl und Lisei sind Mizzis liebste Freundinnen, aber die Mutter gestattet ihr nur den Umgang mit dem Hannerl und sieht es nicht gern, wenn sie mit dem Lisei spricht. „Ein Mädchen aus dem Armenhaus! Wo kommen wir denn da hin!", schimpft die Mutter oft. Sie ist sich sicher, dass aus einem Kind, das ohne Eltern aufwächst, nichts Gescheites werden kann, weil die starke Hand fehlt. Deshalb ist es ihr lieber, wenn die Mizzi mit dem Hannerl spielt, weil diese kein Waisenkind ist und die Kramers anständige Leute sind. Dass ihr selbst auch der Vater fehlt, traut sich die Mizzi nicht laut zu sagen.

Als die Mizzi am Mittag aus der Schule kommt, geht sie in ihre Kammer hinauf, öffnet das Fenster und wirft genau in dem Augenblick, in dem der Franz, der Stofferl und der Ignaz am Schlossberg vorbeikommen, Kastanien hinaus, die sie unter ihrem Bett gesammelt hat. Drei Mal trifft sie den Franz, der stehen bleibt, sich umschaut, aber niemanden sieht, weil sich die Mizzi nach jedem Wurf wegduckt. Aber der Franz ist nicht dumm, er weiß genau, woher der Angriff kommt. „Feiges Dirndl!", schreit er in Richtung des Hauses. Doch auf der Terrasse steht der Onkel. „Schau, dass du weiterkommst, Rotzbub!", schimpft der, weil er um das gute Geschäft im Gastgarten fürchtet. Trotzig stemmt der Franz die Hände in die Hüfte. Das wird dem Onkel jetzt zu bunt und er verpasst dem Buben eine Ohrfeige, dass es kracht. Und so laufen die drei Jungen schnell den Prügelweg hinunter. Die Mizzi blickt ihnen vom Dachfenster aus nach. „Kniebiesler, meineidiger!", flüstert sie.

Von da oben kann sie fast die ganze Straße einsehen, den Gastgarten und die Berge dahinter. Die Dachkammer bewohnt sie zusammen mit der Mutter. Die hat das kleine Zimmer vor einigen Jahren mit Holzlatten ausgekleidet, sodass die Dachpfannen jetzt nicht mehr zu erkennen sind. Wenn man sich aus dem Fenster hinausbeugt, ragt links die Luchsfallwand in den Himmel. Vom Brand im letzten Jahr ist der Hang noch völlig kahl. Und rechterhand stehen die Hochplatte und der Friedenrath, Gipfel, auf denen sie bestimmt schon hundertmal gestanden ist und heruntergeschaut hat. Natürlich steigt sie nicht zum Vergnügen auf die Berge hinauf. Dafür ist keine Zeit. Aber sie führt die Berggymnasten, die sich allein verlaufen würden. Damit lässt sich etwas verdienen.

DIE BERGGYMNASTEN UND DIE KAMPENFRAUEN

„Schau zu, dass du nicht zu spät kommst!", tadelt der Onkel. „Es ist ein feiner Herr aus München samt seiner Frau, solche Leute lässt man nicht warten." Die meisten Sommerfrischler bringt die Mizzi nur auf das Windeck und schon bei den vier Serpentinen, die der Weg macht, schnaufen die Berggymnasten wie der Großvater vom Hannerl, der eigentlich überhaupt keine Luft mehr bekommt. Aber heute steht eine große Wanderung an, es soll auf die Hochplatte gehen. Die Mizzi kennt den Pfad, der lange Zeit durch den Wald führt. Bei der Piesenhauser Hochalm lichten sich die Bäume und dann ist es eigentlich auch gleich geschafft. Der Herr Professor und seine Frau sind fast so schnell wie die Mizzi und sie kommen nicht bei jeder Steigung außer Atmen wie die anderen Berggymnasten. Die Mizzi hat ihre rechte Freude daran, die beiden zu führen.

Am Gipfel setzen sie sich zwischen die Latschen und schauen hinunter, wie die Ache Unmengen an Kies und Holz transportiert, das am Ganterplatz herausgezogen und meterhoch gestapelt wird. Früher hat die Mizzi mit ihren Freunden gerne dort gespielt. „Da möchte man noch einmal Kind sein, was?", fragt der Herr Professor seine Frau, deren Wangen von der langen Wanderung gerötet sind. „Auf die Berge kraxeln und im Fluss baden, das muss ein Kinderleben sein!" Die Mizzi nickt, aber dann platzt es doch aus ihr heraus: „Da unten am Ganterplatz spielen wir Kinder gar nicht mehr. Genau an der Stelle hat es nämlich den kleinen Blösl von Niedernfels erwischt. Er ist von Stämmen überrollt worden, die die Kinder oben losgetreten haben. Seither machen wir einen großen Bogen um die Trift." „So eine Tragödie!", ruft die Frau Professor aus und hält sich die Hand vor den Mund. „Der Bruder vom kleinen Blösl", fährt die Mizzi fort, „der große Blösl, sagt, dass der Hügel deswegen Galgenberg heißt, weil in der Nacht sein Bruder manchmal auf den aufgetürmten Holzstämmen sitzt – mit weißem Gesicht. Bei Dunkelheit würde ich mich nie an den Ganterplatz trauen, obwohl es im Dorf gar nicht mehr so richtig finster wird – wegen der elektrischen Straßenbeleuchtung." „Elektrizität in einem so kleinen Bergdorf, sieh einmal an!", grummelt der Herr Professor und beißt in ein großes Stück Speck, das die Mizzi heraufgetragen hat. „Der Onkel hat erst geschimpft", berichtet die Mizzi weiter, „und gesagt, dass er den Strom, das Teufelszeug gar nicht sehen mag, aber jetzt freut er sich, dass vor seinem Gasthaus nachts eine Laterne brennt und die Gäste manchmal bis Mitternacht sitzen bleiben. Schauen Sie nur! Nicht weit vom Ganterplatz entfernt zweigt von der Dorfstraße der Prügelweg ab, ein wenig bergauf liegt das Wirtshaus vom Onkel. Vielleicht möchten Sie einmal auf einen Kuchen oder eine Weißwurst zu uns hinaufkommen?" „Ich habe mir sagen lassen", entgegnet der Herr Professor, „dass dein Onkel einen hervorragenden Marillenlikör ausschenkt. Selbstverständlich werden wir uns diesen nicht entgehen lassen!" „Wir sind ja noch vier Wochen hier", meint dazu seine Frau. Wieder zeigt die Mizzi ins Tal hinunter: „Im Erdgeschoss sind die Gaststube und die Küche", erklärt sie, „im Obergeschoss die Kammern." Wie gern würde die Mizzi auch durch das Fernglas schauen. Aber das brauchen die Herrschaften natürlich selber und fragen traut sie sich nicht, ob sie sich's borgen darf. Der Herr Professor blickt noch eine ganze Weile hindurch und beginnt dann zu schwärmen, wie doch die Welt so wunderbar zusammenhängt. „Da sieht man die Eisenbahn!", ruft er und seine Frau nickt. „Immer mehr Berggymnasten werden euer Tal entdecken!" Vor Begeisterung nimmt er einen großen Schluck Bier, das die Mizzi selbstverständlich auch heraufgetragen hat. Ob sie selbst auch schon am Bier genippt habe, will der Herr Professor von ihr wissen. Die Mizzi schüttelt den Kopf. Bier hat sie noch nie probiert und sie wird's auch nicht – aus Pietät. Dass ihr Vater am Bier umgekommen ist, will sie dem Herrn Professor nicht gestehen. Und außerdem reicht ihr das Quellwasser auf der Staffenalm und auf der Hochalm. Ihr Gepäck soll – um Gottes willen – nicht noch schwerer werden, als es ohnehin schon ist.

„Erzähl uns doch ein bisschen was von den Bergen", reißt der Herr Professor sie aus ihren Gedanken. Und weil er gerade zur Kampenwand hinüberschaut, wo unter dem Felsgipfel noch ein paar Schneereste liegen, beginnt die Mizzi von den Kampenfrauen zu reden. „Geschickte Spinnerinnen sind die. Im Winter sitzen sie zusammen und spinnen Leinwände, die so groß sind wie die Berghänge selbst. Im Frühling legen sie dann bei der ersten warmen Sonne das Tuch aus, um es zu bleichen!" Der Herr Professor lächelt: „Ihr Bergmenschen seid ein lustiges Völkchen, voller Phantasie und Ehrfurcht. Das findet man nicht mehr oft." Seine Frau lacht, dabei hat die Mizzi noch gar nicht zu Ende erzählt. „Im Sommer jedenfalls fertigen die Kampenfrauen aus den Stoffen weiße Sommerkleider. Das ist auch der Grund, warum die Leinwand immer kleiner und kleiner wird. Spätestens im August ist kein Stoffrest mehr übrig und der Gipfel der Kampenwand ist wieder grün." Die Herrschaften klatschen in die Hände. Offenbar gefällt ihnen das alte Märchen.

Beim Abstieg geht die Mizzi voran. Und wieder muss sie an den Vater denken, die Gedanken wollen sich einfach nicht wegschieben lassen.

„Hast du noch so eine schöne Geschichte wie die der Kampenfrauen für mich?", fragt diesmal die Frau Professor. Du liebe Güte, die Mizzi hat ganz vergessen, sich um sie zu kümmern. Natürlich gehört es sich, auch die Frauen mit allerlei Geschichten zu unterhalten. „Wissen Sie denn, warum auf der Steinlingalm so viele Felsbrocken liegen?", fragt die Mizzi. Und als die Frau Professor den Kopf schüttelt, kann sie noch einmal eine Geschichte von der Kampenwand erzählen: „Es war nämlich früher einmal so," beginnt die Mizzi, „dass die Burschen in Bernau am heiligen Sonntag statt in die Messe lieber auf die Steinlingalm hinaufgestiegen sind. Die schönsten Sennerinnen im ganzen Chiemgau soll es dort oben gegeben haben und Käselaiber so groß wie Mühlsteine. Stellen Sie sich nur vor! Immer wieder soll der Hochwürden die jungen Männer getadelt und zum Gottesdienst angehalten haben. Aber die Burschen wollten sich nicht dreinreden lassen. Weil irgendwann die Kirche in Bernau bald nur noch halb gefüllt war, soll der Pfarrer so laut gepredigt haben, dass man seine Worte sogar auf der Steinlingalm gehört haben soll. Aber wieder haben die Burschen nur Spott mit dem Geistlichen getrieben. Einer soll sogar ein Stück Käse als den Leib Christi bezeichnet haben. Und wie in der Sankt-Laurentius-Kirche die Glocken zur Wandlung läuteten, haben sich am Gipfel der Kampenwand riesige Felsen gelöst und die gottlosen Burschen überrollt." „Herrlich", applaudiert der Herr Professor, „die Gottesfürchtigkeit unter euch Bergmenschen ist einfach herrlich! Ich sage immer: Das einfache Leben verlangt einen einfachen Glauben." „Dass es in den alten Geschichten aber auch immer so grausam zugehen muss", meint die Frau Professor kopfschüttelnd. „Aber interessant ist es allemal!" Auf Höhe der Staffenalm erzählt die Mizzi ihren Berggymnasten noch die Geschichte vom Knecht und den schwarzen Katzen. Natürlich gefällt ihnen auch diese Anekdote und selbstverständlich rühmt der Herr Professor wieder die strenge Gläubigkeit der Chiemgauer. „Dein Vater ist sicher recht stolz auf dich!", sagt die Frau Professor. Die Worte kommen so unvermittelt, dass die Mizzi gar nichts sagen kann. Ihr Vater ist lange tot, aber woher soll das Ehepaar aus München das wissen. Sie nickt stumm und geht ein paar Schritte voraus. Am frühen Abend erreichen sie das Tal und die Mizzi ist froh, als sich das Ehepaar am Gasthaus zur Post verabschiedet. In die Nacht will sie bei so einer Wanderung nicht hineinkommen, man weiß schließlich nie, wem man bei Dunkelheit begegnet, und müde ist sie außerdem.

DER VATER

Obwohl es eine lange Wanderung gewesen ist und die Mizzi wegen der Mengen an Proviant, die sie auf die Hochplatte hinaufgetragen hat, müde ist wie ein Stein, kann sie nicht gleich einschlafen. Natürlich hat die Mutter ihr Gute Nacht gesagt und ein Kreuzzeichen auf ihre Stirn gemacht, wie sie es immer tut, aber trotzdem wabern Gedanken durch Mizzis Kopf, die sie nicht zur Ruhe kommen lassen. Ob sie schon einmal am Bier genippt habe, wollte der Herr Professor wissen und seine Frau hat gemeint, dass Mizzis Vater sicher stolz auf sie sein muss. Und vielleicht ist er es auch, wenn er oben beim lieben Gott zu ihr herunterschaut. Kein Wort hat sie am Nachmittag über ihren Vater verloren – sie hätte auch nichts sagen können, zu groß ist die Gefahr, dass sie weinen muss und damit nicht mehr aufhören kann. Aber jetzt, da sie allein in der Kammer in ihrem Bett liegt, die Decke bis unter die Nase gezogen, jetzt ist der richtige Augenblick, an den Vater zu denken.

Sie sieht ihn vor sich, wie er die schweren Bierfässer vom Fuhrwerk stemmt, denn ihr Vater war Gastwirt, genau wie der Onkel. Aber auch er hatte kein Glück damit. Der Onkel hat seinen Sohn verloren und der Vater sogar sein Leben. Den dumpfen Ton hat sie noch immer im Ohr.

Einmal in der Woche ist aus der Brauerei das Bier geliefert worden. Das war jedes Mal ein Geratter und Geschepper. Mizzi war allerweil mittendrin, weil ihr der Blasius, der Fuhrmann, immer etwas mitgebracht hat. Mal ein Stück Lebkuchen oder eine Rohrnudel, je nachdem, was seine Frau frisch gebacken hatte. Sobald die Mizzi die Pferde gehört hat, ist sie hinausgerannt, auf den Kutschbock geklettert und hat sich ihre

Wochenration Süßes abgeholt. Der Kutscher hat ihr in die Wange gezwickt und ihr gesagt, was sie doch für schöne Zöpfe habe, und die Mizzi war glücklich. Bis zu dem Tag, an dem sie diesen dumpfen Ton hinter sich gehört hat.

Ein Fass hat den Vater beim Entladen erschlagen. Sie hat gehört, wie das schwere Holz vom Fuhrwerk gepoltert ist. Gesehen hat sie nichts vom Kutschbock aus. Aber am Blick vom Blasius hat sie ablesen können, dass etwas Schlimmes passiert sein musste. Sofort sind beide zum Vater gerannt, der Blasius und die Mizzi – aber da war es schon zu spät. Die Fässer müssen ins Rollen gekommen sein. Der Vater hat sie nicht aufhalten können, es waren zu viele und jedes einzelne ist ja mindestens so schwer wie ein erwachsener Mann. Die Fässer haben ihn unter sich begraben. Der Blasius ist losgerannt, um den Bader zu holen, und die Mizzi hat um Hilfe gerufen. Dass ihre Stimme so laut sein kann, hat sie nicht gewusst. Der Drechsler aus dem Nachbarhaus ist herbeigelaufen und die Mutter auch. Gemeinsam haben sie die Fässer beiseite gerollt und dann hat der Nachbar etwas gesagt, wofür die Mizzi ihm immer noch grollt: „Das Geld für den Arzt lässt sich sparen. Da ist nichts mehr zu machen." Die Beine vom Vater waren verdreht und sein Kopf nicht mehr rund. Die Fässer sind nicht zerbrochen, der Vater schon. Und die Mizzi und ihre Mutter auch irgendwie, jedenfalls waren sie nach seinem Tod nicht mehr dieselben. Reglos ist die Mizzi neben dem Toten gestanden, weggehen hat sie nicht können. Dann hat sie die Hand der Mutter gespürt. Ob das Bier noch einer trinken wird, wollte sie von der Mutter wissen. „Das gute Bier!", hat diese geantwortet. Dann haben sie geweint, wie lange, weiß die Mizzi nicht mehr. Die Hand der Mutter hat sie über Tage nicht losgelassen. Nebeneinander sind sie in der Stube gesessen und nebeneinander im Bett gelegen, sie haben nebeneinander gebetet und nebeneinander in den Regen gestarrt.

Genau erinnern kann sich die Mizzi an das Begräbnis des Vaters: Alle Nachbarn sind gekommen, die Frauen haben geweint. Und als sie den Sarg zugenagelt haben, haben sie ein Vaterunser gebetet. Beim Trauerzug ist der Lehrer als Vorbeter vorausgegangen, dann der Pfarrer, dann kam der Sarg mit dem Vater darin und anschließend die Mizzi und ihre Mutter, jede mit einem weißen Taschentuch. Natürlich hat die Mizzi die Hand ihrer Mutter festgehalten, um nichts in der Welt hätte sie diese losgelassen. Alle Verwandten und Nachbarn haben Kränze getragen. Aus jedem Haus war mindestens einer auf der Beerdigung, darauf war die Mutter stolz, dass alle ihrem Mann die letzte Ehre erwiesen haben. Mit dem Läuten der Glocken wurde der Sarg hinuntergelassen. Die Mizzi ist mit ihrer Mutter an der Grube gestanden und die beiden haben hinuntergeschaut in die dunkle Erde. Sie haben gewusst, dass alles anders wird ohne den Vater. Und so ist es auch gekommen.

„Wo ist er jetzt?", hat die Mizzi damals die Mutter gefragt. Und die, von jeher eine gottesfürchtige Frau, hat antworten können: „Dein Vater tritt jetzt vor den Richter und der wird ihm all seine Sünden vergeben, weil er ein guter Mensch gewesen ist." „Und dann?", wollte die Mizzi wissen. „Dann werden die Engel ihn aufheben und er wird im Angesicht Gottes im Paradies leben." „Meinst du, dass alle in den Himmel kommen, wenn sie gestorben sind?", bohrte die Mizzi weiter nach. „Gott bewahre!", schimpfte die Mutter. „Wo kämen wir denn hin, wenn nicht die Spreu vom Weizen getrennt würde. Natürlich bleiben die armen Seelen im Fegefeuer, um ihre Sündenstrafen abzubüßen. Deshalb lass dir gesagt sein, Mizzi: Tue Fleiß auf dem Wege, auf dass der Richter dich nicht dem

Stockmeister überantworte und der Stockmeister dich nicht ins Gefängnis werfe."

Vor dem Einschlafen sieht die Mizzi oft das Fuhrwerk mit den aufgetürmten Fässern vor sich und sie schmeckt noch die Rohrnudel der Kutscherfrau. „Ohne den Vater geht es nicht!", hat die Mutter nach einiger Zeit gesagt. Jeden Tag ist einer im Wirtshaus gesessen und wollte ihr das Gasthaus abkaufen. „Ein Weibsbild allein kann nicht wirtschaften!", hat einer nach dem anderen gebrummt und dann eine Zahl auf das Bierfilzl geschrieben. Die Mutter hat den Kopf geschüttelt und geweint, bis sie irgendwann selber eingesehen hat: „Ein Weibsbild allein kann nicht wirtschaften." Und dann hat sie einem, der auch wieder eine Zahl auf ein Bierfilzl geschrieben hat, das Wirtshaus verkauft. Die Mizzi hat alles mitgehört, sie ist unter dem Tisch gehockt und hat sich am Rockzipfel der Mutter festgehalten. Danach sind sie zum Onkel nach Marquartstein gezogen.

DIE MIMI

Aber ein bisschen etwas vom Vater und der Zeit in Aibling ist schon geblieben: Denn von ihrem Vater hat die Mizzi ihren Namen – den Nachnamen sowieso, aber auch den Vornamen. Denn als die Mizzi geboren wurde, haben die Eltern Sorge gehabt, dass das kleine Ding nicht überleben würde. Und so hat die Mutter den Vater sofort zum Pfarrer geschickt, damit er das Bündel taufen lässt. „Margaret soll sie heißen", hat die Mutter gesagt, „dass du dir das merkst!" Von den Taten der heiligen Margaret erzählte sie gern und bei jeder Gelegenheit. Denn die Heilige war für die Mutter immer eine Nothelferin gewesen und einer solchen bedurfte sie jetzt besonders. Das Neugeborene war schließlich so zart und schmächtig, dass selbst die Amme, die sonst immer zu einem Spaß aufgelegt war, geraten hat, lieber den Pfarrer zu holen. Beim folgenden Teil der Geschichte muss die Mutter immer schmunzeln: Gleich als der Vater damals nach Mizzis Geburt aus der Tür war, muss er den Namen, den seine Frau ihm aufgetragen hatte, schon wieder vergessen haben, so durcheinander war er wohl. Und wie der Pfarrer dann gefragt hat, wie das Kindlein heißen soll, hat sich der Vater nur noch an den Anfangsbuchstaben erinnert und Maria gesagt, weil er eine Holzschnitzarbeit der Muttergottes im Seitenschiff der Kirche hat stehen sehen. Ob nun durch die Hilfe der heiligen Margaret oder die der Muttergottes: Das Bündel überlebte.

Auch ihren Spitznamen kann die Mizzi auf ihren Vater zurückführen und das hat mit ihrem Namenstag zu tun: „Geschenke gibt es bei uns keine, weil das Geld nicht ausgeht", so hat die Mutter immer gesagt. Der Vater hat genickt und dann doch gemacht, was er wollte. Einmal hat er der Mizzi eine schöne Holzpuppe gekauft, so schön wie sonst keines der Nachbarskinder eine gehabt hat. Die Puppe ist ihr liebstes Spielzeug, aber noch wichtiger ist das Geschenk gewesen, das sie im Jahr darauf bekommen hat. „Das ist die Mimi", hat der Vater verkündet und der Mizzi ein kleines Fellknäuel in die Hand gelegt. Die Mutter hat geschimpft, dass so ein Wesen nicht in die Stube gehört, aber der Vater, der alle Tiere geliebt hat, hat der Tochter heimlich zugezwinkert und am Abend hat die Mizzi die Katze mit ins Bett genommen. Seither nennen alle die kleine Katzennärrin Mizzi.

Die Mimi ist jedenfalls die beste Katze, die man sich denken kann, und hat immer geholfen, bei Fieber, Zahnweh oder bei Gewitter – beide liegen sie dann unter der Ofenbank mit großen Augen, bis das Unwetter vorübergeht. Und es ist immer noch alles vorübergegangen, das Gewitter und das Zahnweh auch. Wenn aber der Schinder den Prügelweg hinuntergeht, fängt die Mizzi ihre Katze jedes Mal ein und trägt sie ins Haus. Der Schinder hat schon den Hund vom Hannerl mitgenommen und aus ihm ein Mittel gegen Schwindsucht gemacht. Das hat jedenfalls der Franz erzählt. Der Stelzenbauer Franz hilft seinem Vater nämlich an der Schlachtbank. Deswegen weiß er, wie die Tiere verarbeitet werden. So soll es der Mimi nicht ergehen. Aufpassen muss die Mizzi auf die Katze, zumal sie ein Geschenk vom Vater ist.

Und wie die Mizzi einmal in der Sonntagsmesse sitzt – vorne, weil sie bald zur Erstkommunion geht –, flüstert ihr das Hannerl zu, dass sie den Schinder im Dorf gesehen hat. „Der holt deine Mimi, wenn du nicht aufschaust!", warnt die Freundin und zieht bedeutungsvoll die Augenbrauen hoch. Aber was soll die Mizzi jetzt machen, eingeklemmt in der Kirchenbank zwischen dem Hannerl und der Lisei. „Beten ist des Christenmenschen Pflicht!", mahnt der Hochwürden in diesem Moment laut, aber die Angst um die Katze ist größer als die vorm Pfarrer und Mizzi drängt sich am Hannerl vorbei. Hinaus rennt sie aus der Kirche, den Prügelweg hinunter, fängt ihre Mimi – sie muss nur zwei Mal rufen, schon ist sie da – und trägt die Katze ins Haus, hinauf in die Kammer. Jetzt kann der Schinder ihr das Tier nicht mehr nehmen, die Gefahr ist gebannt. Aber in die Kirche traut sie sich an diesem Sonntag nicht mehr, weil sie Angst hat vor dem Pfarrer und dem Onkel und der Mutter und eigentlich vor der ganzen Gemeinde, die sie angestarrt hat, als sie den Mittelgang hinuntergelaufen ist. Der Hochwürden hat sogar für kurze Zeit seine Predigt über die Geschöpfe Gottes unterbrochen. So ruhig war es in der Kirche, dass man nur Mizzis Schritte gehört hat. Und jetzt liegt sie unter dem Bett, weint und hält ihre Mimi und weint dann noch lauter, weil sie nicht ein noch aus weiß und ihr bange ist vor der nächsten Religionsstunde. Die Mutter gibt ihr am Mittagstisch eine Watschn und kann schließlich ihre Tränen nicht mehr zurückhalten, so enttäuscht ist sie von ihrer Tochter. „Dass ausgerechnet du die Predigt störst", sagt sie und schlägt dabei die Hände über dem Kopf zusammen. Tante Ursel legt der Mutter die Hand auf die Schulter und nickt. Es ist schlimm, dass die beiden böse auf die Mizzi sind, trotzdem war es richtig, die Katze zu retten. Aber als die Mizzi am Montag in die Schule muss und ins Klassenzimmer kommt, wird es ruhig. Die Mitschüler blicken erst zu ihr, dann zum Pfarrer und wieder zurück. Die Mizzi geht mit gesenktem Kopf auf ihren Platz, setzt sich und schweigt. Kurz vor Stundenende klopft der Pfarrer auf sein Pult und bedeutet ihr durch ein Nicken, dass sie heraustreten und sich auf das Holzscheit vorne knien soll.

Alle schauen die Mizzi an, keiner sagt etwas, auch der Hochwürden nicht. Stumm folgt sie, die Spitze des Holzscheits bohrt sich genau zwischen Kniescheibe und Unterschenkelknochen. Der Mizzi kommt es vor wie eine Ewigkeit, obwohl die Stunde fast vorbei ist und es höchstens fünf Minuten gewesen sein können. Da läutet es, die Mitschüler gehen in den Pausenhof, aber natürlich lässt der Pfarrer sie weiter knien. Als alle weg sind, fragt er die Mizzi, was denn in sie gefahren sei, einfach aus der Messe zu rennen, ist das doch das Heiligste, was der Christenmensch auf Erden erfahren könne. Und da laufen der Mizzi die Tränen über die Wangen und sie erzählt von ihrer Mimi und dass sie gerade die Katze nicht verlieren will, weil sie doch ein Geschenk vom Vater ist, Gott hab ihn selig. Der Pfarrer schweigt, dann nickt er und sagt, dass alle Wesen Geschöpfe Gottes seien. Er faltet die Hände, scheint zu beten, bekreuzigt sich schließlich und lässt sie gehen. Die Mizzi ist froh, vor allem weil sie weiß, dass der Hochwürden nicht zu allen so nett gewesen wäre. Dem Glaserer Wiggerl hat er einmal so fest ins Gesicht geschlagen, dass die Abdrücke seiner Hand noch eine Woche lang zu sehen waren. Und das nur, weil der Wiggerl zwei Minuten zu spät zum Religionsunterricht erschienen ist. Manchmal muss der Wiggerl nämlich seinem Vetter die zweite Kraxn mit dem Fensterglas tragen und dann muss er schnell laufen, dass er nicht zu spät in die Schule kommt. „Tätig sein ist des Menschen erste Pflicht!", hat der Pfarrer damals geschrien und ist ganz rot geworden im Gesicht. Die Mizzi mag den Wiggerl nicht, leidgetan hat er ihr trotzdem. Besonders streng ist der Pfarrer aber zu den Waisenkindern: Das Lisei aus dem Armenhaus zieht der Geistliche jede Woche so fest am Ohr, dass es blutet. „Dir fehlt die rechte Erziehung, weil du keine Eltern mehr hast", sagt er dann zu ihr, obwohl das Lisei noch nie jemandem etwas zuleide getan hat und bei der Sonntagsmesse die Erste ist, die in der Kirchenbank sitzt, und die Letzte, die wieder herausgeht. Und den Sepp hat er einmal eine ganze Religionsstunde knien lassen, weil er sein Gotteslob zu Hause vergessen hat. „Gläubig sein ist des Christenmenschen Pflicht!", hat der Hochwürden geschrien.

Aber am gemeinsten ist der Pfarrer zum Karl, dem Ziehsohn der Stelzenbauers. Am Sonntagnachmittag treffen Mizzi, Hannerl, Lisei und Karl sich manchmal in der Schwendnerscheune. Und vor ein paar Wochen haben sie hier gemeinsam überlegt, wer Karls Eltern sein könnten. „Irgendetwas musst du doch wissen", hat das Hannerl gefragt. Aber Karl hat nur wiederholen können, was der Geistliche ihm nach seiner Erstkommunion verraten hat: Karls Mutter habe ihn vor zehn Jahren am 7. Januar vor die Kirchentüren gelegt, der Hochwürden habe ihn da gefunden, getauft und dann den Stelzenbauers gegeben, weil da kurz vorher auch ein Bub geboren worden war. „Da geht alles in einem Aufwasch", hat der Pfarrer gemeint und das Kind gleich dagelassen. Und die beiden Buben schauen sich wirklich ähnlich, nur dass der Franz dicker ist.

Das Lisei hat den anderen dann erzählt, was die Leute im Dorf reden, nämlich dass die Stelzenbauerin den Karl nur wegen des Kostgelds aufgenommen hat. Und der nickt und bestätigt, dass es den Stelzenbauers bei allem, was sie machen, nur ums Geld geht. „Zum Essen krieg ich, was übrig ist." Deswegen ist er auch dürr wie eine Bohnenstange. Alle vier wissen, dass der Karl von den anderen Kindern deswegen gehänselt wird. „Schlecht beinand, bricht auseinand!", rufen sie ihm im Pausenhof immer hinterher und nennen ihn den Bastardbuben, den nicht einmal seine Mutter hat haben wollen.

Auch der Hochwürden sagt, dass so einer kein guter Christenmensch werden könne, wenn er doch nicht einmal weiß, wo er wirklich herkomme. Aber zur Mizzi ist der Pfarrer immer nett, wahrscheinlich weil das Gasthaus des Onkels genau zwischen Schule und Pfarrhaus liegt und der Hochwürden hier oft seinen Kuchen isst. Hin und wieder trägt dann auch die Mizzi das Tablett hinaus und knickst freundlich. Und da sagt der Pfarrer, dass aus ihr schon noch etwas werden würde – und das, obwohl sie keinen Vater mehr hat, der sich um sie sorgt. Und immer mal wieder bringt die Mutter dem Geistlichen ein Stück Nusskuchen ins Pfarrhaus: „Damit er wieder eine so schöne Predigt schreibt wie am letzten Sonntag. Einen Pfarrer, der predigen kann, muss man belohnen!" Und Mizzi nickt, obwohl sie findet, dass die Predigt jede Woche gleich klingt.

MEISTER MOPS

„Das wird ein pfundiger Schultag!", freut sich das Hannerl, die vor dem Gartentor auf die Mizzi wartet. „Erst haben wir Religionsunterricht und dann bestimmen wir die unterschiedlichen Blätter der Bäume." Richtig, die Mizzi hat gar nicht daran gedacht. „Was habt ihr Mädchen schon wieder zu ratschen?", will der Karl wissen, der auch gerade den Prügelweg hinaufkommt. „Macht schnell, nicht dass wir zu spät kommen!"

Der Franz steht schon auf dem Pausenhof, umringt von seinen Freunden. Er haut sich auf die Brust und schreit: „Aufgemerkt! Wir haben ein neues Spiel, es heißt ‚Meister Mops' und ist eine echte Mutprobe." Die Buben klatschen begeistert in die Hände, die Mädchen schauen sich verwundert an. Offenbar hat das neue Spiel mit dem Lehrer zu tun, den alle wegen seiner Leibesfülle heimlich Meister Mops nennen. „Hergehört!", schreit der Franz wieder. „Wer sich traut, unseren Lehrer an die Tafel zu zeichnen – und er darf ruhig eine noch größere Wampe haben als in Wirklichkeit – und wer anschließend noch den Schwamm versteckt, der darf sich ‚Meister Mops' nennen. Das ist ein Ehrentitel. Alle einverstanden?" Wieder applaudieren die Buben, die Mädchen schütteln nur die Köpfe.

Alle Kinder gehen in den Klassenraum. Von hier aus hat man einen guten Blick auf das Schultor, wo Lehrer Blüml mit dem Hochwürden zusammensteht und spricht. Der Franz brüllt: „Auf geht's! Das Spiel um Meister Mops ist eröffnet!" Der Wiggerl steht auf, schaut aus dem Fenster, um sicherzugehen, dass die Luft rein ist, tut ein paar vorsichtige Schritte zur Tafel, macht dann aber auf dem Absatz kehrt und setzt sich wieder in seine Bank. Der Franz wird langsam ungeduldig und schreit: „Was? Keiner da, der Mut in seinen Knochen hat?", woraufhin die Buben betreten zu Boden blicken. Sogar sein jüngerer Bruder, der Stofferl, duckt sich lieber weg. „Die Idee war schon ein rechter Schmarrn, Franz", meint das Lisei und die Mädchen nicken. Die Mizzi muss sich direkt wundern, dass sich ihre Freundin traut, dem Franz die Stirn zu bieten, aber das lässt der alte Streithammel natürlich nicht auf sich sitzen. Er legt die Stirn in Falten, stapft entschlossen zur Tafel und greift nach einem Stück Kreide. Anstatt aber Meister Mops zu zeichnen, geht er zur Bank vom Lisei und legt die Kreide darauf. „Und traust du dich, Armenhäuslerin, oder reicht es nur zum Maulaufreißen?" Damit hat er das Lisei bei der Ehre gepackt. „Du Hirntoni, du saudummer!", schimpft sie los. „Meinst du, ich lass mich vom Lehrer grün und blau schlagen? Und außerdem: Warum sollen wir Herrn Blüml beleidigen?" Mit diesen Worten nimmt sie die Kreide und trägt sie zur Tafel zurück. Da hat sogar der Franz verstanden, dass er sich dem Lisei nicht in den Weg stellen braucht. Jedenfalls wirkt er ein wenig unschlüssig, steht an der Tür, geht dann zum Fenster und gibt schließlich seinem Bruder ein Zeichen, Schmiere zu stehen. Der Stofferl ist seit jeher ein Hirsch gewesen und macht, was sein großer Bruder ihm aufträgt. Der Franz wischt sich entschlossen den Rotz von der Nase und zeichnet dann an der Tafel mit wenigen Kreisen und Strichen den fettesten Mops, den man jemals im ganzen Achental gesehen hat. Darunter schreibt er: „Leerer Mops". Gerade hat er den letzten Buchstaben fertig, da pfeift der Stofferl – das vereinbarte Zeichen. Der Franz packt schnell den Schwamm, rennt zu seinem Platz und wirft das nasse Ding in seinen Ranzen. Ganz unschuldig sitzt er jetzt neben seinem Bruder und blättert im Gotteslob.

Schon steht Lehrer Blüml im Klassenraum. Das Gekritzel an der Tafel springt ihm regelrecht ins Gesicht und sogleich ist seine gute Laune dahin: „Wer war das?", brüllt der Lehrer. „Wer erdreistet sich, an meiner Tafel und mit meiner Kreide meine Person zu verhunzen?" Keiner meldet sich. Es ist mucksmäuschenstill. „Na wartet!", schreit er erneut. „Ihr werdet noch euer blaues Wunder erleben!" Damit dreht er sich zur Tafel. Der Lehrer will schon nach dem Schwamm greifen, verharrt aber mitten in der Bewegung. Er holt tief Luft, wendet sich wieder der Klasse zu und brüllt, mittlerweile feuerrot im Gesicht: „Wo zum Teufel ist der Schwamm?" Mit dem Tatzenstock schlägt er auf den Katheder. Wieder ist es still. Der Lehrer kneift die Augen zusammen und schaut jeden einzelnen Schüler an. Als sein Blick zum Franz wandert, meldet der sich kleinlaut zu Wort: „Das Lisei hat Kreide an ihren Fingern." Wie ein Habicht stürzt Lehrer Blüml zur Mädchenbank. „Elisabeth Schlickner," flüstert er drohend und betont dabei jede einzelne Silbe, „Elisabeth Schlickner, hast du meine Kreide in die Hand genommen und dieses Gekritzel an der Tafel verbrochen? Antworte!" Wieder ist es mucksmäuschenstill. Man hört das Lisei schlucken, aber dann erklärt sie mit erhobener Stimme: „Die Kreide habe ich in der Hand gehabt, Herr Lehrer, und das tut mir auch leid, aber an der Tafel war ich nicht. Ich wüsste nämlich, dass man Lehrer nicht mit zwei E schreibt, aber der Himbeertoni, der Franz, weiß es nicht." Im Klassenraum hört man das erstaunte Einatmen der Kinder. Unter der Bank greift die Mizzi nach der Hand vom Lisei. Das hat sich noch nie jemand getraut, den Franz so anzuschwärzen. „Und wenn Sie es mir nicht glauben, dann schauen Sie in den Ranzen vom Franz. Da ist nämlich der Schwamm drin!" Lehrer Blüml zieht die Schultern hoch, sodass es aussieht, als ob er überhaupt keinen

Hals mehr hätte, und stellt sich direkt neben den Franz. „Ranzen öffnen!", befiehlt er. Und der Franz kann nicht aus, er muss seine Schultasche aufmachen und seine Schuld eingestehen. „Stelzenbauer Franz! Bist du von allen guten Geistern verlassen?", brüllt der Lehrer und schlägt dem Buben mit der Hand ins Gesicht. „Das wird Konsequenzen haben, mein Lieber!"

Lehrer Blüml packt den Buben am Kragen, zieht ihn aus der Schulbank und stößt ihn in den Mittelgang, als plötzlich die Tür aufgeht und der Mesner hereinschaut. Damit hat keiner gerechnet. „Lehrer, du musst die Feuerglocke läuten! Lauf!" So schnell hat den Lehrer Blüml noch nie jemand rennen sehen. Hinaus ist er aus dem Klassenzimmer, hinauf zur Kirche und noch ehe alle Kinder mit offenem Mund am Fenster stehen, hören sie schon die Feuerglocke läuten. „Mistgurgl, das sollst du mir büßen!", zischt der Franz dem Lisei zu, aber dann ist kein Halten mehr, alle stürmen aus der Schule. Auch auf dem Prügelweg sind schon Leute versammelt, alle wollen sie zur Brandstelle. „Das Badergütl", schreien manche, „das Badergütl brennt!" Die Mizzi hört es genau und läuft gleich los. Ein Feuer mitten im Dorf! Sie muss wissen, dass ihre Mutter nicht in Gefahr ist. Aber der Gastgarten ist leer, die Küche ebenfalls. Wo um Gottes willen sind die Mutter, der Onkel und die Tante? Jetzt rennt auch die Mizzi den Prügelweg hinunter. An der Weggabelung ist kaum noch etwas zu erkennen. Vor der dichten Wand aus Rauch bleibt sie stehen, dahinter ist nichts mehr. Und dann tut sie, was alle machen. Mit Leibeskräften ruft sie die Namen ihrer Nächsten. „Mutter!", schreit die Mizzi, die Stimme wird ihr heiser. Ohne den Vater ist es nicht gegangen und ohne die Mutter würde es erst recht nicht gehen. „Mutter! Ich bin es, die Mizzi!" Ihr Rufen geht in ein Weinen über. Tränen laufen ihr über das rußige Gesicht. Da hört sie die Stimme der Mutter. Unmöglich herauszufinden, woher sie gekommen ist. Aber jetzt ist sie da. „Mizzi, komm heim!", sagt sie, nimmt die Tochter bei der Hand und führt das Kind nach Hause. „Der Onkel hilft beim Löschen, für uns gibt es nichts mehr zu tun!" Ganz nah hat die Mizzi sich an die Mutter geschmiegt und würde deren Hand am liebsten gar nicht mehr loslassen, so bang ist ihr.

Am Abend erst kommt der Onkel nach Hause. Jetzt erfährt die Mizzi, dass das Badergütl bis auf die Grundmauern abgebrannt ist. „Da war nichts mehr zu machen", seufzt der Onkel. „Wenigstens ist kein Mensch zu Schaden gekommen." Dann geht er zum Waschtrog hinaus, wo er lange braucht, um sich den Ruß abzuwaschen. An diesem Abend bleibt das Gasthaus geschlossen.

„Unser Gott ist ein verzehrend Feuer!", predigt der Hochwürden am kommenden Sonntag. Er spricht vom brennenden Dornbusch, von Aarons Brandopfer und vom Herrn, der Feuer vom Himmel herabfallen ließ, um Holz und Steine zu versengen. Die Kirchgänger bekreuzigen sich öfter als gewohnt, jeder will sich vor einem erneuten Feuer schützen.

Die Tage nach dem Brand ist die Maria vom Badergütl nicht in der Schule, erst nach einer Woche erscheint sie wieder zum Unterricht und erzählt, dass sie mit ihren Eltern jetzt beim Vetter ihres Vaters wohnt, dass es dort eng zugehe, dass aber alle froh seien, mit dem Leben davongekommen zu sein.

Sogar der Franz ist für seine Verhältnisse relativ friedlich, was vielleicht daran liegt, dass Lehrer Blüml die Zeichnung vom Meister Mops scheinbar vergessen hat oder zumindest so tut. Immer wieder überlegt die Mizzi, ob die Milde des Lehrers mit dem göttlichen Brandopfer zu tun hat, von dem der Hoch-

34

würden in der Kirche gesprochen hat. Aber einen rechten Reim kann sie sich darauf nicht machen. Jedenfalls bekommt der Franz nicht einmal einen Verweis. Eine ganze Woche lang spielt er niemandem einen Streich.

Erst zwei Wochen nach dem Brand im Badergütl ist der Franz wieder ganz der Alte: „Zwanzig Spinnen!", schreit er, als er mit einem Einweckglas in der Hand auf den Pausenhof rennt. „Wenn nicht mehr", ergänzt der Stofferl. „Wir haben die großen schwarzen aus der Holzlege geklaubt und eingeschlossen. Sogar ein Spinnennest ist dabei. Wenn die schlüpfen, haben wir Hunderte." Dabei hebt der Franz das Glas in die Höhe, damit alle es sehen können. Der Wiggerl ist sofort begeistert: „Spinnen sind besser als jedes Taschenmesser." „Und wie wir damit die Mädchen erschrecken können!", jauchzt der Franz und fügt noch hinzu, dass die Dirndl immer feige seien und überhaupt keine Courage hätten. Und tatsächlich laufen die Mädchen kreischend vor dem Einweckglas davon.

In der Religionsstunde setzt sich der Franz in die Bank hinter das Lisei, das Hannerl und die Mizzi – der Pfarrer merkt nicht, dass das gar nicht sein Platz ist und ein Bub auf der Mädchenseite nichts verloren hat. Voller Begeisterung spricht der Hochwürden, die Augen geschlossen und die Hände andächtig gefaltet, von den heiligen Sakramenten, die einem Christenmenschen zukommen.

Der Franz jedenfalls macht kurzen Prozess und leert sein Spinnenglas auf den Rücken der Mädchen aus. Und wie diese die Tiere bemerken, gibt es ein großes Kreischen. Die Mizzi, das Hannerl und das Lisei springen auf, weil der Ekel größer ist als die Angst vor dem Hochwürden. Der Stofferl zeigt auf und beklagt sich, dass es eine Frechheit sei, wie die Mädchen sich aufführen, weil er so dem Religionsunterricht nicht mit ganzer Aufmerksamkeit folgen könne. Und so lässt der Pfarrer die Mizzi, das Lisei und das Hannerl nach der Stunde knien, weil ein echter Christenmensch den Religionsunterricht nicht störe. Beim Hinausgehen haben die Brüder saufrech gegrinst.

Im Dorf wird nicht über Spinnen, dafür umso mehr über den Brand geredet. Der Bichler schimpft am Stammtisch, dass man auf Feuer grundsätzlich schlecht vorbereitet sei. Der Stelzenbauer meint, dass man im Badergütl von jeher Probleme mit dem Rauchabzug gehabt habe, worauf der Onkel erwidert, dass es immer einmal passieren könne, dass ein Holzspan unbemerkt herausfalle, und man den armen Leuten doch bitte keinen Vorwurf machen soll. Daraufhin haut der Bichler auf den Tisch und schreit: „Wohl gesprochen, Wirt! Asche gehört hinuntergespült!" Und so ordert der Stammtisch seine vierte Runde Bier. Die Mutter hält sich aus derlei Wirtshausgesprächen heraus. Aber am Abend erzählt sie der Tochter von ihren Vermutungen: „Irrlichter und feurige Geister sind es, die ein Haus in Brand setzen und es bis zum Fundament hinunterbrennen lassen. Der Herrgott selbst schickt solche Warnungen und lass es dir gesagt sein, Mizzi: Das Feuer vom Badergütl war nur der Vorbote."

DAS CHINESENKIND

Die Tage werden wärmer und Lehrer Blüml lässt die Schüler früher heim, weil ihm der Schweiß die Stirn hinunterrinnt. Tatsächlich schwitzt der Lehrer sogar im Winter. Das liegt vermutlich an seiner Leibesfülle. Den Kindern soll es recht sein, wenn es für sie schon im Mai hitzefrei gibt. Zu Hause erledigt die Mizzi die Aufträge, die sie von der Mutter bekommen hat: die

Hennen füttern, den Schweinen vom Schwendner die Abfälle vom Vortag bringen, die Betten lüften, den Boden in der Kammer kehren und Erdäpfel ausklauben. Der Onkel klopft ihr auf die Schulter, auch ihm klebt sein Hemd am Rücken. Dann sagt er zur Mizzi: „Lauf schnell zum Hannerl, bevor der Mutter wieder etwas einfällt." Das Hannerl muss nie im Haushalt helfen, da hat sie es gut. Dafür hat sie aber ihren kleinen Bruder, den Baltasar, den alle nur das Chinesenkind nennen. Und das ist um einiges schlimmer. In der großen Pause kommt es manchmal vor, dass der Franz und der Stofferl das Hannerl in eine Ecke drängen. Der eine steht rechts, der andere links und sie stoßen das Mädchen zwischen sich hin und her. Dabei ruft der Franz zum Beispiel: „Grüß deine Verwandten in China!" Und der Stofferl fragt: „Warum hast du denn nicht so schöne Augen wie dein Bruder, Hannerl?" Der Baltasar schaut nämlich aus wie ein Chinese. Er hat Schlitzaugen und einen ziemlich dicken Kopf. Und wenn man die Familie vom Hannerl anschaut, dann könnte man meinen, dass der Baltasar überhaupt nicht dazugehören würde, weil er keinem gleich schaut. Die Hebamme hat sofort nach der Geburt gesagt, dass der Baltasar nicht alt werden und wahrscheinlich nie einer richtigen Arbeit nachgehen werde. Deshalb möchte Hannerls Mutter, dass es der Baltasar besonders gut hat. Das Hannerl darf ihn nie allein lassen. Wenn die Mizzi am Samstagnachmittag zum Beispiel fragt, ob die Freundin mitkommen will zur Nachbarin, weil sie kleine Kätzchen hat, dann lehnt diese ab. Das Hannerl bleibt lieber daheim beim Baltasar. Sie könnte ihn natürlich mitnehmen, aber wenn die anderen sie mit ihrem Bruder sehen, zeigen sie gleich mit dem Finger auf sie und rufen ihr hinterher.

Weil der Onkel sie heute aber schon gehen lässt, läuft die Mizzi kurzerhand zu den Kramers hinunter, um das Hannerl und den Baltasar abzuholen. Niemand ist um die Mittagszeit unterwegs und da traut sich das Hannerl sicher vor die Tür – die Mizzi kennt ihre Freundin.

Höflich bittet die Mizzi die Kramerin um Erlaubnis, mit dem Hannerl und dem Baltasar einen Spaziergang unternehmen zu dürfen, und diese nickt. „Dass ihr mir aber auf meinen Buben aufpasst!", mahnt sie. „Freilich!", rufen die Kinder und sind schneller aus dem Haus, als die Mutter weitere Vorschriften machen kann. Tatsächlich ist keine Menschenseele zu sehen. Die Mizzi geht voran, das Hannerl folgt ihr, den Bruder führt sie an der Hand. Es geht unter der Burg vorbei und in den schattigen Wald hinein. Man muss nur ein wenig hinaufsteigen und schon kommt man an den kleinen Wasserfall vom Schnappenbach. Die Mutter hat der Mizzi verboten, zur Schlucht zu gehen, weil dort in einer Senke, die von Tannen umschlossen ist, die Hexen wohnen würden. Wenn der Wind im Herbst hier hineinfährt, wirbelt er im Kreis, hallt und lacht. „Ein Hexenplatz ist das!", warnt die Mutter. Sie hat der Mizzi schon oft erklärt, dass man vom Schnappenbach her das Schreien grauer Weiber hört, besonders in mondhellen Oktobernächten. Es sind junge und alte Hexen, die tanzen und dazu eine fürchterliche Musik aufführen. Sie kegeln mit den Felsen und baden im Wasser. Obwohl die Mädchen wissen, dass sie nicht zum Schnappenbach dürfen, ist dieses kühle Plätzchen heute ihr Ziel. Es ist schließlich schon so warm, dass man die Füße ins Wasser hängen will. Außerdem ist es taghell, wo sollen sich da die Hexen verstecken. Die Mädchen finden ihre Idee großartig: Der Baltasar kann im Bach Stöcke treiben lassen, die Freundinnen können sich ein bisschen erfrischen. Und bevor es dunkel wird, wollen sie längst zurück sein. Es kann gar nichts passieren. Aber es passiert trotzdem etwas: Denn als die drei die letzte Kurve nehmen, sehen sie schon, dass der Franz mit seinen Freunden dieselbe Idee gehabt hat. Fünf Buben stehen im Bachlauf, durchnässt und übermütig. Als sie aber das Hannerl mit ihrem Bruder sehen, bleiben sie reglos stehen und starren die Neuankömmlinge an. „Komm, Mizzi, es gibt auch anderswo schattige Plätze", meint das Hannerl. Aber die Mizzi will es wissen: „Von denen lassen wir uns nicht vertreiben!" Dabei nimmt sie den kleinen Baltasar an der Hand und stapft dem Wasser zu. Und Franz scheint tatsächlich beeindruckt von ihrem Mut. Damit hat er nicht gerechnet.

Die Buben setzen sich ans gegenüberliegende Ufer und beobachten, wie Baltasar und Mizzi die Schuhe ausziehen und sich ins Wasser stellen. Die Kühle tut gut. „Siehst du", sagt Mizzi zum Hannerl, die immer noch am Ufer wartet und besorgt auf die Jungen schaut. „Komm rein! Es geht doch!" Aber da irrt Mizzi. Erst werfen der Franz, der Stofferl und der Wiggerl nur Steine ins Wasser, dann zielen sie auf den Baltasar. Der Franz trifft ihn am Kopf und sagt dann, so höflich wie sonst nie: „Entschuldigung, kleiner Chinesenmann." Baltasar hält sich die Stirn, grinst aber und versteht nicht, dass es die Buben nicht ehrlich mit ihm meinen. Er spielt weiter und staut mit Steinen das Wasser. Mizzi bleibt dicht hinter ihm. Plötzlich pfeift der Franz durch die Finger und fast zeitgleich stürmen alle auf den Baltasar zu, schubsen die Mizzi beiseite, sodass sie rücklings im Bach landet, und halten die Hände des kleinen Jungen hinter seinem Rücken zusammen. Dann tauchten sie seinen Kopf so tief ins Wasser, dass er keine Luft mehr bekommt. „Der Chinese lernt tauchen!", schreien sie und Franz brüllt: „Alle Achtung, wie lang ein Chinese die Luft anhalten kann!" Und dabei zählen sie die Sekunden mit. Sie sind bestimmt schon bei zwanzig. Mizzi ist in der Zwischenzeit wieder aufgestanden, was im reißenden Gebirgsbach gar nicht so einfach ist, da ruft das Hannerl verzweifelt: „Wenn der verreckt, schlägt die Mutter mich tot." Mizzi bleibt keine Zeit zum Nachdenken: Sie packt einen dicken Ast, der gerade angeschwemmt wird, und haut dem Franz, so fest sie kann, auf den Hinterkopf, dass er taumelt, ein paar Schritte zur Seite macht und ins Wasser fällt. Die Buben erschrecken, lassen sofort den Baltasar los und schauen nach ihrem Freund. Hastig greift sich das Hannerl den kleinen Bruder und rennt los. Die Mizzi kann kaum Schritt halten, obwohl sie keinen Baltasar zu tragen hat. Die Schuhe hat sie in der Hand und barfuß über den steinigen Weg zu laufen, schmerzt fürchterlich. „Das werdet ihr büßen!", plärrt der Franz ihnen hinterher und die Mizzi weiß, dass er es sich nicht gefallen lassen wird, geschlagen zu werden, erst recht nicht von einem Mädchen. Schläge bekommt das Hannerl auch, aber zu Hause von ihrer Mutter, als sie ihr den durchnässten Baltasar übergibt. „Das nennst du aufpassen?", brüllt die Kramerin und haut ihrer Tochter und dann der Mizzi mit der flachen Hand ins Gesicht. „Das wird die längste Zeit gewesen sein, dass du mit der Mizzi hinausdarfst!"

Die Mizzi erzählt daheim natürlich nichts von dem Vorfall am Schnappenbach. Und als sie an diesem Abend in ihrem Bett liegt und die Mutter wie immer noch einmal nach ihr schaut, wird sie sogar gelobt. „Dass du so früh heimgekommen bist und gleich im Wirtshaus geholfen hast, war brav von dir!", sagt die Mutter und streicht ihr über die Wange. Mit Rumtreibern hat sie nie etwas anfangen können. Die Mizzi genießt die Zuneigung, obwohl sie weiß, dass spätestens am Sonntag nach der Messe alle von ihrem Abstecher in den Wald erfahren werden. Unglücklicherweise läuft der Mutter aber schon tags darauf am Waschsteg die Kramerin über den Weg. So erfährt sie, dass ihre Tochter mit dem Hannerl am Schnappenbach gewesen ist, dass sie auch den hilflosen Baltasar einer solchen Gefahr ausgesetzt und den Buben vom Stelzenbauer mit einem Ast geschlagen hat. Als die Mizzi aus der Schule kommt und den Ranzen abstellt, wartet die Mutter bereits mit einer Standpauke auf sie: „Dass du genau am Tanzboden der Hexen deine Füße ins Wasser halten musst, du dummes Ding, du saudummes!", schreit sie und gibt der Mizzi eine Watschn. Ob sie denn nicht bemerkt habe, dass der Mensch an einem solchen Hexenplatz seinen Verstand verliere, fragt die Mutter. Oder wie könne man es sich sonst erklären, dass ein an sich so braves Mädchen plötzlich mit einem Ast bewaffnet auf einen Gleichaltrigen losgehe. Die Gewalt rühre von den Hexen her, der Teufel gebe einem die Werkzeuge dazu in die Hand. Glücklich sollten die Kinder sich schätzen, dass die Drud sie nicht geholt habe oder die Waldfrau, am Ende beide zusammen. Weiß Gott, was an solch einem Ort alles passieren könne.

An die Mahnungen der Mutter zum gottgefälligen Leben will die Mizzi sich nun halten. Denn sie hat immer an den Teufel geglaubt und an den Herrgott und das ewige Leben sowieso. Und sie hat nie einen Grund gehabt, an der Welt der Mutter zu zweifeln. Noch einmal gibt die ihr eine Ohrfeige. Dann wird die Mizzi in die Kammer geschickt, um den Boden zu fegen. Den ganzen Tag über spricht die Mutter nicht mehr mit ihr und am Abend streichelt sie vor dem Einschlafen nicht über die Wange ihres Kindes, so enttäuscht ist sie. In einiger Entfernung von Mizzis Bett bleibt die Mutter stehen, sie betet, sie bekreuzigt sich und dann tut sie ein paar Schritte auf die Tochter zu, macht ihr mit dem Daumen ein Kreuz auf die Stirn.

DER ROSENMALER

Richtige Neidhammel sind ihre Mitschüler! Sie missgönnen ihr den halben Pfennig, den sie sich an einem Sonntag verdienen kann. Denn tatsächlich wird die Mizzi nun am Tag des Herrn für den Maler arbeiten, weil der nämlich von Montag bis Samstag als Dorfschullehrer in Staudach die Kinder unterrichten muss und sich nur sonntags mit seiner Kunst beschäftigen kann. Warum der Maler ausgerechnet auf sie gekommen sei, will der Franz in der Pause wissen, und ob sie die Weisheit mit Löffeln gefressen habe. Mizzi könnte ihm erzählen, wie es zur Bekanntschaft mit Maler Müller gekommen ist, aber sie tut es nicht. Es ist besser, mit dem Franz so wenig wie möglich zu tun zu haben.

Was geht ihn auch die Geschichte dieses Zufalls an? Eigentlich hat sie die Bekanntschaft mit dem Rosenmaler einem Rezept des Onkels zu verdanken: Weil nämlich vom Fest des heiligen Pankratius noch Weißwürste übrig gewesen sind, gibt es beim Schlosswirt am Sonntag Weißwurstsalat. Der schmeckt den Leuten und ist so einfach, dass die Mizzi das ganz allein kann. Dafür schneidet sie gekochte Weißwürste, harte Eier und Essiggurken in Stücke und mischt aus Öl, Essig, süßem Senf und Schnittlauch eine Sauce. Schon ist der Weißwurstsalat fertig und die Leute aus dem Dorf kommen eigens dafür ins Gasthaus. Sogar der Pfarrer hat den Salat schon gegessen und gelobt. Und Lehrer Blüml hat an diesem besagten Tag sogar seinen Freund mitgebracht, der auch Dorfschullehrer ist, damit dieser ebenfalls von dem Gericht kosten kann – und so ist die Mizzi dann zu ihrer ersten richtigen Anstellung gekommen. Den beiden Männern hat sie Bier und Weißwurstsalat serviert und dabei freundlich geknickst, wie sie es immer macht. Rundheraus hat der Lehrer sie da gefragt, ob sie sich ein Zubrot verdienen wolle. Geld hat die Mizzi natürlich brauchen können. „Einen Laufburschen suche ich", hat Herr Müller gesagt, „oder auch ein Laufmädl." Lehrer Blüml hat noch hinzugefügt, dass sein Freund ein phänomenaler Maler sei und bei seiner Arbeit auf keinen Fall gestört oder unterbrochen werden dürfe. Maler Müller hat erklärt, dass er jeden Sonntagnachmittag – das Wetter sei ihm dabei nahezu gleichgültig – seine Staffelei, seine Bleistifte, einen Sack voller Stoffreste und manchmal auch seine Farben hinaus an einen Platz trage, von dem aus er sich eine geeignete Perspektive verspreche. Eigentlich arbeite er allein, aber manchmal habe er so viele Dinge zu schleppen, da sei eine zupackende Hand von Vorteil. Genickt hat die Mizzi, obwohl sie nicht viel verstanden hat, und sich gefreut wie ein Schnitzel. „Deine Aufgabe besteht darin, mir zu helfen, das Material an Ort und Stelle zu bringen und am Ende wieder nach Staudach zu tragen. Ich will mich in den nächsten Monaten auf eine paar Marquartsteiner Perspektiven konzentrieren!", so der Maler. „Sehr gerne würde ich dabei helfen, Herr Professor", hat die Mizzi entgegnet. Die Männer sind noch lange auf der Terrasse vom Gasthaus gesessen und haben sich die Sonne ins Gesicht scheinen lassen. Die Mizzi hat ihnen noch einen Erdbeerkuchen mit Schlag serviert und natürlich auch einen Marillenlikör. Erst am späten Nachmittag sind die beiden Lehrer aufgebrochen und Maler Müller hat die Mizzi gleich für den kommenden Sonntag nach Niedernfels bestellt.

Und deshalb muss sie am Tag des heiligen Bernhardin früh aus dem Haus, die Ache abwärts nach Staudach gehen, die Staffelei und das Papier holen. Der Herr Professor trägt die Farben und Stifte. Die Mizzi muss sich beeilen, mit dem Maler

Schritt zu halten. Es geht die Ache wieder hinauf, durch Marquartstein und nach Niedernfels hinüber. Schließlich steht sie am Waldrand vor der Hofkapelle und spitzt die Bleistifte. In der Woche darauf malt Herr Müller dann Weizenfelder vor Grassau, hier muss die Mizzi einen Sonnenschirm über die Staffelei halten und am Tag der Allerseligsten Jungfrau Maria Königin geht es sogar bis ins Rottauer Moor hinüber. Maler Müller muss am Vortag schon da gewesen sein, denn die Moorlandschaft mit den aufsteigenden Bergen dahinter ist skizziert und an einigen Stellen hat er bereits Ölfarbe aufgetragen, das hat die Mizzi gleich bemerkt. Jetzt macht er sich daran, die leicht angetrocknete Ölschicht mit der Spachtel abzukratzen und an anderer Stelle wieder aufzutragen. Die Mizzi schaut ihm dabei über die Schulter. Es ist phänomenal. Noch nie hat sie von einem Maler gehört, der die Farbe wieder wegnimmt. Ganz uneben sieht die Leinwand am Ende aus, als wollten die Halme und Büsche aus dem Bild herauswehen. Jetzt erst ist der Herr Professor zufrieden. Voller Farbe ist er: Im Gesicht, an seinem Kittel, aber auch an seinem Hemd klebt eine Mischung aus Braun, Grün und Blau. Es scheint ihm nichts auszumachen. Er nickt und fährt sich mit der Hand durchs Haar.

In der Woche darauf sind die Bauerngärten in Marquartstein an der Reihe. Wer aber denkt, die Mizzi würde sich den halben Pfennig leicht verdienen, der irrt: Mizzi trägt neuerdings neben der Staffelei noch einen schweren Sack mit Stoffresten, die der Herr Professor braucht, um den richtigen Farbton zu erwischen. Maler Müller entscheidet sich auch nie sofort, wo er seine Staffelei aufstellen will, er probiert erst verschiedene Blickwinkel. Er kneift ein Auge zu, manchmal prüft er eine Entfernung mit Bleistiftlängen. Mizzi schaut gerne zu, wie er mit ein oder zwei Bleistiftstrichen Blüten auf das Papier haucht – eine schöner als die andere. Aber das sagt die Mizzi natürlich nicht, weil sie weiß, dass der Herr Professor Ruhe braucht, und daran hält sie sich. Wenn er Blumen skizziert, legt er meistens die farblich passenden Stoffreste dazu und rollt das Papier anschließend zusammen. „Das ist für den Winter", raunt er und schiebt seine Nickelbrille zurecht. „Wenn draußen nichts mehr blüht, rolle ich im Atelier meine Skizzen auf und habe alle Sommerfarben wieder bunt und satt vor mir." Genau zuschauen will die Mizzi, damit sie das nächste Mal, wenn der Lehrer Blüml sie etwas zeichnen lässt, vielleicht auch einmal eine gute Note bekommt. Manchmal gefallen Herrn Müller seine Skizzen nicht, dann wirft er den Bogen zu Boden. Die Mizzi hat sie alle aufgehoben, mit nach Hause getragen, unter das Gotteslob gelegt und sich draufgesetzt, bis das Papier fast wieder glatt war. Dann hat sie die Zettel über ihr Bett gehangt. Mizzi findet, dass das Papier nach Rosen duftet, so schön sehen die Blüten aus.

Am Tag des heiligen Quirinus kommt die Mizzi zu ihrem zweiten Zubrot. Wieder ist sie mit dem Herrn Professor unterwegs. Der Maler bleibt lange an den Feldern vor dem Dorf stehen, es ist ein fürchterlich heißer Sonntag. Zuerst schaut er über das Tal auf die Berge: „Wir müssen auf schlechtes Wetter warten", erklärt er der Mizzi. „Wenn sich ein paar Wolken über den Gipfeln verfangen, dann erst wird das ein Motiv sein, alles in Grau und Gelb!" Mizzi nickt und versteht, dass der Maler ein Mann von großer Vorstellungskraft ist. Und dann dreht er sich um und wendet sich den Blumen im Vorgarten der Blösls zu. Die Kletterrosen haben es ihm besonders angetan. Er fertigt so viele Skizzen an, dass die Mizzi ununterbrochen mit dem Messer die Bleistifte spitzen muss, so eilig arbeitet er.

Dann legt er aus einem Beutel eine Menge Stoffreste in unterschiedlichen Rottönen nebeneinander. „Die drei Stoffe zu der linken Skizze", sagt er zur Mizzi. „Und die drei zur rechten. Roll sie dann zusammen, damit nichts durcheinanderkommt." Und als die Kirchenglocken schlagen, mahnt er zur Eile: „In einer Viertelstunde bin ich zum Skat verabredet. Schau, dass wir weiterkommen!"

Den Weg zum Gasthaus zur Post, wo die Kartenspieler schon auf den Maler warten, legen sie im Laufschritt zurück. Im Salettl haben die drei Herrn Platz genommen und auch für ihren vierten Spieler schon einen Krug Bier bestellt. So sitzen sie um den Tisch und einer mischt bereits die Karten. „Bist schon wieder zu spät, Malermeister!", ruft genau dieser aus und die anderen trinken ein Prost auf den Herrn Künstler, wie sie ihn nennen. „Immer bist du in Eile, Anton", meint einer der elegant gekleideten Männer zum Maler. Und dann will er noch wissen, ob Malerfürst Lenbach geantwortet habe. „Rund heraus, Anton!", ruft ein anderer. Maler Müller winkt beschwichtigend ab: „Sester, mein Freund, du bist neugierig. Aber ich konnte tatsächlich ein Treffen mit Franz von Lenbach arrangieren und seine Empfehlung an mich lautet: ‚Ich rate keinem zu, Maler zu werden, eher ab!'" Dabei macht er eine lange Pause und spricht dann grinsend weiter: „‚Ihnen rate ich, hängen Sie den Lehrerberuf an den Nagel und werden Sie Maler.' Meine Herren, der Malerfürst hat gesprochen. Ich denke, ich werde mich beruflich neu orientieren!" Daraufhin brechen die drei Männer an Müllers Skattisch in heftigen Applaus aus. Die Mizzi steht daneben und weiß nicht recht, was sie tun soll. Verlegen tritt sie von einem Bein aufs andere. Erst jetzt wird der Herr Professor wieder auf sie aufmerksam: „Mädl, sei so gut, lauf nach Staudach zurück und trag meine

Staffelei und die Skizzenrollen heim. Das ist die Mizzi, die Nichte vom Schlosswirt", erklärt er den Freunden am Tisch. Und unversehens spricht sie einer der Kartenspieler an: „Sag Mizzi, mir könntest du auch was Gutes tun!" Und da platzt es aus der Mizzi heraus: „Sind Sie denn auch ein Maler?" Und als alle am Tisch zu lachen beginnen, wird die Mizzi ganz rot und würde sich am liebsten hinter ihren dicken Zöpfen verstecken. „Weißt du denn nicht, wen du vor dir hast?", fragt Maler Müller entrüstet. „Vor dir, kleines Mädchen, sitzt Richard Strauss, der größte Komponist der Gegenwart." „Wenn nicht der größte Komponist aller Zeiten!", ruft ein anderer Kartenspieler dazwischen und hebt seinen Krug. Der so Gelobte winkt ab. Mizzi macht vorsichtshalber einen Knicks. Das macht das Hannerl auch immer vor dem Hochwürden und dem gefällt das. „Die Brände deines Onkels sind legendär, habe ich mir sagen lassen", meint der, den man ihr als Komponist Strauss vorgestellt hat. Und so ordert er bei ihm eine Flasche Marillenlikör für den nächsten Donnerstag. Die Mizzi soll sie rechtzeitig zum Kaffee hinüberbringen.

So schnell ist das Mädchen noch nie nach Staudach und wieder zurück gesaust, nach nicht einmal einer Stunde ist sie wieder zu Hause und sitzt neben der Mutter auf der Ofenbank. Und dann erzählt sie, dass der Komponist Strauss für den kommenden Donnerstag eine Flasche Marillenlikör bestellt hat. Der Onkel streicht der Mizzi liebevoll übers Haar. Sogar die Mutter ist voller Stolz. Dass eine solche Persönlichkeit in Marquartstein zur Sommerfrische ist, hat jeder im Ort mitbekommen. Der Onkel beginnt zu schwärmen: „Dass der Herr Hofkapellmeister aus Berlin mit Frau und Kind bei uns in der Sommerfrische ist, macht uns Marquartsteiner stolz. Und wenn ihm unser Marillenlikör schmeckt, wer weiß, vielleicht exportieren wir bald nach Berlin." Mizzi nickt. „Geh", sagt die Mutter und schüttelt lachend den Kopf, „ihr mit euren Flausen. Mizzi, räum den Tisch leer, damit nachts die Engelchen darauf tanzen können." Bevor die Familie an diesem Tag zu Bett geht, macht die Mutter an die Stubentür ein Kreuz, wie sie es jeden Abend tut, damit keine Hexe hineinkann. Und noch ehe sie einschlafen, nimmt die Mutter der Mizzi das Versprechen ab, nicht mit dem Kartenspielen anzufangen, da das Teufelszeug sei.

Lange schaut die Mizzi im Dunkel der Nacht auf die Rosenskizzen über ihrem Bett. Sie kann nicht einmal die Augen zumachen, so aufgeregt ist sie vom Tag. Dann muss sie an den Karl denken, denn der ist auch ein guter Zeichner. Vor einiger Zeit wollte er für sie die Muttergottes in der Burgkapelle abmalen, weil die Mizzi ja von ihr den Namen hat. Lang ist er in der kleinen Kirche gesessen mit einem Bleistift und einem Blatt Papier. Aber leider hat der Franz erfahren, was sein Ziehbruder vorhat, und dann haben sie sich auf die Lauer gelegt, der Franz und der Stofferl. Obwohl der Stofferl eigentlich nicht verkehrt ist, lässt er sich immer wieder zu einem Blödsinn anstiften. Aber er will eben dazugehören und deshalb macht er bei allem mit, was der Franz sich ausgedacht hat. Jedenfalls haben sich die zwei Buben hinter der Kirchmauer versteckt, bis der Karl herausgekommen ist, haben ihn festgehalten und der Franz hat ihm das Papier weggenommen und drauf gepieselt. „So kannst du es deiner Braut schenken", hat er gelacht und das nasse Bild dem Karl vor die Füße geworfen. „Wenn's stinkt, dann passt es zur Mizzi und zu dir!" Der Mizzi hat der Karl es tatsächlich gezeigt, aber unfreiwillig, weil sie gerade im Gastgarten bedient hat, als er von der Kirche heruntergekommen ist. Sie hat ihn gerufen und obwohl er sich eigentlich vorbeischleichen wollte, ist er stehengeblieben. Da hat die Mizzi ihn natürlich gefragt, was er da Nasses in der Hand halte. Enttäuscht war er, das hat die Mizzi gesehen. Und geweint hatte er vielleicht auch, das konnte sie nicht genau erkennen. Jedenfalls hat der Karl ihr die ganze Geschichte berichtet und seither nichts mehr gezeichnet, außer wenn der Lehrer Blüml es aufgetragen hat. „Ich hab es für dich gemalt", hat der Karl gesagt, „aber das Angebieselte will ich dir nicht dalassen!" Und dann hat er das Stück Papier zusammengefaltet und ist damit davon.

Im Unterricht wird leider viel zu selten gezeichnet, findet die Mizzi. Eigentlich nur, wenn der Lehrer etwas korrigieren oder schreiben muss. Dann sagt er zu den Kindern: „Jetzt ist Sommer. Malt eine blühende Wiese." Und dabei müssen alle sehr leise sein, denn wenn einer schwatzt, unterbricht Lehrer Blüml sofort seine Korrekturen und schon wird wieder gerechnet. Und das mag keiner. Natürlich zeichnet der Karl eine wundervolle Blumenwiese. Der Lehrer hält die Tafel hoch, zeigt sie allen in der Klasse und erklärt, dass der Karl dafür eine gute Note bekommt. Dann schaut er die Tafel vom Franz an und sagt, dass es schade um die Kreide sei. Aber dem Franz seine Eltern können sich die Kreide schon leisten. Vielleicht könnte der Karl auch einmal ein so großer Maler werden wie der Herr Professor Müller, denkt sich die Mizzi vorm Einschlafen.

DER SEISEI

Jeden Abend steigt die Mutter in die Schlafkammer hinauf, wischt sich die Hände an der Schürze ab, setzt sich auf den Kasten neben dem Bett und streicht mit dem Daumen über das Gesicht der Tochter – mit diesem rauen Daumen, der doch der schönste auf der Welt ist. Der warme Geruch der Mutter erfüllt den Raum. Mizzi zieht die Bettdecke bis zur Nasenspitze und schaut dann der Mutter hinterher, wie sie hinuntergeht in die Wirtschaft. Auch heute – wie jeden Abend – dreht sie sich am Türrahmen noch einmal um und mahnt mit erhobenem Zeigefinger: „Ein gottgefälliges Leben zu führen, ist des Christenmenschen Pflicht!" „Ich bin noch gar nicht müde, Mutter", raunt die Mizzi unter ihrer Bettdecke hervor. „Ich bitte dich, erzähl mir noch eine Geschichte!" Eine gute Erzählerin ist die Mutter. Und obwohl die Mizzi nicht damit gerechnet hat, macht diese noch einmal kehrt und setzt sich wieder an den Bettrand.

„Damit es dir nicht geht wie dem gottlosen Knecht beim Wagner Leiminger, den alle im Dorf nur Seisei genannt haben!", so beginnt sie ihre Geschichte. Und dann erzählt sie, dass der Seisei weder zu Gott gebetet habe, noch zur Beichte gegangen sei und auch den Gottesdienst verweigert habe. Sein bisschen Geld habe er beim Schafkopf verspielt und beim Wirt verludert. Und dabei habe er große Töne gespuckt, dass Gott ihm nichts könne, obwohl er seit Jahren keine Kirche mehr von innen gesehen habe. „Das würde ich mich nicht trauen", unterbricht die Mizzi und die Mutter nickt: „So ist recht! Aber dann hat der Herrgott dem Leimingerknecht doch was können und hat sich abgewandt von ihm. Wer einmal sündigt, dem wird verziehen, aber wer immerfort in Sünde lebt, muss mit der schlimmsten Strafe rechnen", sagt die Mutter und fährt mit der Hand über Mizzis Stirn. „Der Leiminger und sein Knecht haben Getreide gedroschen und sind aus der Tenne in die Stube hinübergegangen, wo der Bauer sich an den gedeckten Tisch gesetzt hat. Die Leimingerin, eine dicke Bäuerin mit schütterem Haar, hat die Schüssel mit den Butterkartoffeln in die Mitte gestellt." „Und dann? Um Himmels willen, Mutter, ich bitte dich, erzähl!" Die Mizzi möchte unbedingt erfahren, wie es dem gottlosen Knecht weiter ergangen ist. Die Mutter lächelt: „Die Leimingers haben gerade die Hände zum Tischgebet gefaltet, da ist der Knecht aus der Stube gegangen, ohne zu sagen wohin. Als das Tischgebet zu Ende war, hat ein jeder seinen Löffel genommen und gegessen. Der Wagner hat dann sogar seinen Sohn hinausgeschickt, den Seisei zu holen. Aber der Bub konnte den Knecht nirgends finden. Die Kartoffeln waren aufgegessen, der Tisch abgeräumt, da ist der Leiminger ins Grübeln gekommen, warum seinen Knecht nicht hungert, und so hat er nach ihm gerufen. Er hat in die Kammern geschaut, in den Stall, doch keine Spur vom Seisei. Zusammen mit der Leimingerin hat er weitergesucht und ist schließlich auch in die Tenne gegangen. Und da hat seine Frau auf Zehen gezeigt, die unter dem gedroschenen Stroh herausgeschaut haben. Bäuchlings haben die Bauersleute den Knecht dann aus dem Stroh gezogen, die Glieder seltsam verrenkt, das Rückgrat zerschlagen. Und als sie ihn umgedreht haben, starrten sie statt in ein Gesicht in eine schwarze Fratze, in leere Höhlen statt Augen, die Nase zerfressen, die Stirn ohne Haut. Und da haben alle gewusst, dass den Seisei der Teufel geholt hat!" „Ist das wirklich passiert?" will die Mizzi wissen. Die Mutter nickt: „Bestimmt! Ich habe die Geschichte von meinen Eltern erfahren und die haben es von der Urgroßtante. Also ist es wahr und alles hat sich genau so zugetragen, wie ich es dir erzählt habe."

Anschließend macht die Mutter der Mizzi erneut ein Kreuzzeichen auf die Stirn und steigt schließlich die Stiege in die Wirtsstube hinunter. Mizzi schluckt und hält den Atem an. Solange sie die Schritte der Mutter auf der Treppe hört, ist es noch erträglich. Aber dann wird die Angst so groß, dass sie am liebsten aufhören würde zu atmen, um nicht den Teufel zu wecken. Und obwohl sie mucksmäuschenstill in ihrem Bett liegt, meint sie dennoch, so etwas wie raschelnden Hafer zu hören.

Am anderen Morgen wacht die Mizzi auf und ist froh, dass die Welt sich noch dreht und die Sonne am Himmel steht. Fest vorgenommen hat sie sich, zu den Guten zu gehören, damit sie nicht der Teufel holt.

DER HOFKAPELLMEISTER

Wie abgesprochen steht die Mizzi am nächsten Donnerstag vor dem Landhaus der Familie de Ahna, wo der Komponist Strauss logiert. Die herrschaftliche Villa liegt auch am Prügelweg, sodass Mizzi nur die Schotterstraße überqueren muss. Eine gekieste Auffahrt führt zum Treppenaufgang, wo die Bedienerin schon auf Mizzi wartet. „Ich bringe dich zum Herrn Hofkapellmeister", sagt sie und dann betreten sie ein Zimmer, das größer ist als der Gastraum des Onkels. Die Mizzi knickst, doch der Hofkapellmeister bemerkt sie nicht, er schaut auf die Berge. In einer Ecke sitzt ein Angestellter mit einem Buch auf den Knien, er wirkt wie eingefroren. In der Ferne grollt es unheilvoll und die Mizzi kann gar nicht verstehen, warum jemand bei diesem Wetter am Fenster steht. Der Mutter würde das nicht gefallen, sie predigt immer: „Wer bei Gewitter hinausschaut, der lockt das Wetter an." Und der Pfarrer bemerkt gerne: „Wenn es in der Ferne donnert, dann jagt der Teufel die Guten." Der Hofkapellmeister weist seinen Bediensteten an weiterzulesen. Der räuspert sich und hebt an:

„Wanderers Sturmlied von Johann Wolfgang von Goethe." Die Mizzi bleibt neben der Türe stehen, die Flasche Marillenlikör in der Hand. Die Bedienerin verschwindet. Dunkel wird es nun im Raum. Die Sonne ist hinter Gewitterwolken verschwunden, die über das Priental herüberziehen. Die Mizzi weiß, dass an jedem Unwetter ein Sünder Schuld hat. Sie denkt an den Hans vom Tischlerhäusl, der jedes Jahr im Frühling und im Herbst seine kleinen Katzen in der Ache ertränkt. Vielleicht hat der Herrgott das Gewitter geschickt, weil ihm die Katzen genauso leidtun wie der Mizzi. Die Blitze reflektieren an der Unterseite der Wolken. Der Donner wird lauter. Mizzi zuckt zusammen. Sie wird die Weber Lies fragen, ob sie die Karten legen und ein Gewitter vorhersagen kann. Dann würde die Mizzi einfach in der Stube bleiben und wäre in Sicherheit.

Wenn sie dem Hofkapellmeister nur nicht die Flasche hätte bringen müssen, würde die Mizzi schon längst zu Hause unter der Ofenbank kauern, die Mimi fest an die Brust gedrückt, und würde warten, dass alles gut vorübergeht. Sie müsste dort auch weniger Angst haben, weil die Hausleute die schwarze Gewitterkerze angezündet hätten und Onkel und Tante mit der Mutter beten würden: „Vor Blitz, Hagel und Unwetter. Erlöse uns. Und lass mein Rufen zu dir kommen."

Aber jetzt muss sie sich zusammennehmen. Man hört den Wind gegen die Scheibe hämmern. Sie zwingt sich, ruhig zu bleiben. Mizzi bleibt neben der Tür stehen, die Flasche Marillenlikör hält sie fest umklammert. Auf dem Tischlein neben ihr liegt ein Buch: „Salome" von Oscar Wilde. Davon hat Lehrer Blüml ihnen noch nie erzählt. Wenn sie es sich merken kann, will sie ihn danach fragen.

Der Hofkapellmeister weist seinen Bediensteten an, noch einmal von vorne zu beginnen, und so liest dieser: „Wen du nicht verlässest, Genius" – das Wort hat Mizzi noch nie gehört –, „nicht der Regen, nicht der Sturm, haucht ihm Schauer übers Herz. Wen du nicht verlässest, Genius" – dieselben Worte wie am Anfang. „Wird dem Regengewölk, wird dem Schlossensturm entgegensingen." Was das heißen mag? Aber es ist keine Zeit zum Nachdenken, schon geht es weiter. „Wie die Lerche, Du da droben. Den du nicht verlässest, Genius." Das Wort kommt jetzt zum dritten Mal, doch noch immer kann Mizzi sich nichts darunter vorstellen. Am liebsten würde sie die Flasche Marillenlikör einfach auf den Tisch stellen und verschwinden. „Wirst ihn heben übern Schlammpfad mit den Feuerflügeln." Mizzi versucht, sich Feuerflügel vorzustellen. Sie schluckt leise, will keinesfalls stören. „Wandeln wird er wie mit Blumenfüßen." Blumenfüße! Von so etwas hat sie noch nie gehört. Da blitzt es wieder und kurz darauf ertönt der Donner, das Gewitter kann nicht mehr weit weg sein. „Über Deukalions Flutschlamm, Python" – das alles hat Lehrer Blüml ihr nicht beigebracht, sie kennt keinen Deukalion, sie kennt nur ihren Herrgott und weiß, dass er grollt – „tötend, leicht, groß". „Einen Moment", ruft der Hofkapellmeister plötzlich aus, „ich möchte etwas probieren!" Er setzt sich an den Flügel und spielt. Die Töne wiederholen sich, dunkle Töne, die sich in den Wolken vor dem Fenster spiegeln. Mizzi ist gebannt, eine solche Musik hat sie noch nie gehört, es klingt anders als die Blaskapelle, anders als die Orgel und anders als die Musik am Tanzboden. Sie traut sich kaum aufzusehen. Der Komponist lässt seine Finger auf dem Klavier ruhen und gibt dem Bediensteten Anweisung weiterzulesen – wieder donnert es, Mizzis Finger legen sich noch fester um die Flasche Marillenlikör. „Wirst die wollnen Flügel unterbreiten, wenn er auf dem Felsen schläft, wirst mit Hüterfittichen ihn decken Mut. – Glühte? Armes Herz! Dort auf dem Hügel, himmlische Macht!" Mizzi gibt auf. Sie kann nicht verstehen, was hier vorgelesen wird. „Nur so viel Glut, dort meine Hütte, dorthin zu waten!"

Noch einmal stimmt der Hofkapellmeister ein paar Töne an, dann legen sich seine Finger immer ruhiger auf die Tasten des Klaviers und was grollend mit dumpfen Tönen begonnen hat, legt sich in einem sanften Teppich nieder. Mizzi atmet aus. Strauss lächelt und nickt mit dem Kopf, ein Mann ohne Furcht: „So hat es der Wanderer doch noch rechtzeitig nach Hause geschafft." Da peitscht Regen ans Fenster. Donner grollt. „Gruß und Dank dem Herrn Onkel für den Likör", sagt der Hofkapellmeister und kramt ein paar Münzen hervor, die er Mizzi in die Hand gibt. „Sieh zu, dass auch du vor dem schlimmsten Sturm nach Hause kommst!" Mizzi knickst und verlässt langsam den Raum. Doch schon auf der Treppe beginnt sie zu laufen.

Sie rennt über die Terrasse, wo die letzten Korbsessel vor dem Regen in Sicherheit gebracht werden. Sie überquert den Prügelweg, hastet nach Hause, wo sie alles so vorfindet, wie sie es sich vorgestellt hat. Die Nachbarn sitzen mit Mutter, Onkel und Tante um den Tisch, die schwarze Gewitterkerze brennt. Sie haben die Hände gefaltet, auch die Katze hat sich schon unter die Ofenbank zurückgezogen. Die Mizzi kauert sich neben die Mimi und der Onkel sagt zu ihr: „Wenn der Herrgott ein Einsehen hat und das Wetter aufhört, dann wird beim Eder die Sau geschlachtet. Dann hat's ein Gutes, dass du da bist und helfen kannst." Das Schlachten hat die Mizzi nie mögen, obwohl sie das Fleisch nachher schon gerne isst. Aber wenn der Onkel meint, dass sie helfen muss, dann hilft alles nichts. Die Erwachsenen beten im Chor, Mizzi spricht leise mit: „Vor

Blitz, Hagel und Unwetter. Erlöse uns. Und lass mein Rufen zu Dir kommen." Und wieder legt sich Mizzis Angst wie ein schwerer Teppich nieder.

Kaum hat der Regen nachgelassen, gehen sie alle zum Schwendner hinüber. Die Schwendnerin jagt die Sau aus dem Stall, die quiekt und schreit, als ob sie wissen würde, was auf sie zukommt. Die Mutter und der Onkel drängen die Sau an die Stallwand, dass sie nicht mehr davon kann. „Schick dich, lang halte ich sie nicht mehr!", schimpft die Mutter. Dann schlägt der Schwendner mit seinem Holzhammer dem Tier auf den Kopf, dass es einen dumpfen Ton gibt. Das Schwein geht in die Knie, seine Vorderbeine knicken ein, dann fällt es zur Seite. Die Mizzi weiß nicht, ob es schon tot ist. Aber dann sticht der Schwendner der Sau mit einem Messer in den Hals. Die Schwendnerin steht schon da und fängt in einem Eimer das Blut auf. Nun kommt Mizzis Aufgabe. Die Schwendnerin drückt ihr einen Holzlöffel in die Hand: „Rühr das Blut, dass es nicht stockt. Dann kriegst nachher eine Blutwurst." Und während die Mizzi rührt, waschen die Bauersleute, die Mutter und der Onkel die Sau und hängen sie am Hinterlauf auf. Der Schwendner hackt das Schwein unten auf, die Gedärme fängt seine Frau in einer Wanne auf. Und jetzt muss die Mizzi wieder ran. Die Schwendnerin nimmt ihr den Eimer aus der Hand, in dem sie bisher gerührt hat, und ordnet an, dass die Mizzi mit dem Darm helfen soll, weil keiner so kleine, geschickte Finger hat wie sie. Das mag die Mizzi am wenigsten: Der Darm muss vom Kot befreit werden und das stinkt fürchterlich. Aber es darf kein Rest mehr drin sein, alles muss sie säuberlich ausstreichen. Die Mutter hilft ihr dabei und merkt an: „Wer Wurst essen will, der darf sich dafür nicht zu schade sein." Das versteht die Mizzi. Die Tante reibt die sauberen

Darmteile mit Salz ein, während der Onkel und der Schwendner die restliche Sau zerhacken und das Fleisch in die Küche tragen, wo seine Frau zugange ist, Sulz und Blutwurst kocht, das Fett auslässt und Fleischstücke pökelt. Die Schwendners erwarten Urlaubsgäste, sie sind aus ihrem Schlafzimmer in den Stall gezogen, damit diese in ihrem Bett schlafen können. Und für die Gäste muss es auch was Ordentliches zu essen geben. Deswegen wird mitten im Sommer eine Sau geschlachtet. Gleich wenn die Freibergers aus Regensburg kommen, will die Schwendnerin Nieren kochen, wie man es im Dorf sonst nur an Ostern und Weihnachten macht. Der Mizzi soll es egal sein, was man den Fremden auftischt. Schon am nächsten Tag kriegt sie die versprochene Blutwurst, von der sie auch der Mimi ein Stück abgibt. Und während die Mizzi ihre Wurst in einem Satz aufisst, ist der Kotgeruch auch schon wieder vergessen.

DAS SCHÖNE FRÄULEIN

Am Festtag der heiligen Margaretha sitzt der Herr Professor wieder neben seinem Freund, dem Lehrer Blüml, im Gasthaus. Die Herren bestellen Marillenlikör und die Mizzi serviert. Sie knickst und will abgehen, aber da hält Maler Müller sie zurück: „Hör, Mizzi, du bist ein tüchtiges Mädchen. Genau deswegen habe ich noch eine Aufgabe für dich. Wärst du so lieb, dem Fräulein Wischin eine Botschaft und diese Skizze in ihre Villa zu tragen?" „Sehr gerne!", antwortet die Mizzi artig und knickst noch einmal. Zu Wischins ist es ein Katzensprung, das wird sie gleich erledigen. Als sie vor der Tür des hübschen Landhauses steht, zupft sie sich ihre Schürze zurecht, räuspert sich und klopft dann an die Tür. Das Stubenmädchen öffnet. „Bitte?", fragt dieses. Die Mizzi war nur selten in einem Haus, in dem es Angestellte gibt. Verlegen kratzt sie sich am Kopf. „Eine Nachricht für das Fräulein Wischin", sagt die Mizzi leise. „Einen Moment", antwortet das Mädchen im Verschwinden. Unversehens steht das schönste Frauenzimmer vor der Mizzi, das sie jemals gesehen hat – mit einer so zarten Haut, dass die Adern hindurchscheinen. „Bitte?", fragt auch sie und die Mizzi überreicht ihr schüchtern den Brief und die Skizze. Das Fräulein Wischin scheint die Handschrift sofort zu erkennen. Sie lächelt und rollt als erstes die Skizze auf: „So schöne Rosen, da möchte man meinen, die gezeichneten duften mehr als die echten. Burgl, bring dem Mädchen ein Stück Schokolade!" Damit verschwindet das Fräulein Wischin wieder im Haus. Die Mizzi wartet, bis das Stubenmädchen die Schokolade gebracht hat, und rennt dann beschwingt zum Gasthaus zurück. Unglaublich stolz ist sie und muss es gleich allen erzählen. Der Mutter und der Tante berichtet sie als erstes von dem schönen Fräulein mit der zarten Haut. Aber das Hannerl und das Lisei wird es bestimmt auch interessieren.

Am Abend setzt sich die Mutter an ihr Bett und ermahnt sie, nicht übermütig zu werden: „Du bist ein tüchtiges Kind, Mizzi. Vergiss aber niemals nicht, dass der erste Christendienst dem Herrn gebührt", dabei streicht sie der Tochter über die Stirn. „Ich erzähle dir jetzt die Geschichte vom Müllerlehrling Anderl, damit du immer daran denkst, nicht vom rechten Weg abzurücken". Die Mizzi drückt ihren Kopf ins Kissen und schließt die Augen. Sie liebt die raue Stimme der Mutter und ihre schaurigen Geschichten mag sie besonders gern. Leise beginnt die Mutter zu erzählen: „Jeden Abend und den ganzen Sonntag hat der Lehrbub Anderl im Wirtshaus verhockt. Am liebsten hat er sich beim Schafkopf die Zeit vertrieben, hatte kein Geld, ließ anschreiben. Immer wieder hat der Meister den Lehrling tadeln müssen, doch ohne Erfolg.

Selbst am Tag nach einer Schelte erschien der Anderl wieder müde vom Bier und vom Schafkopf zur Arbeit. Da hat der Müller ihn hinausgeworfen und der Anderl ist zu den Holzknechten gegangen. Der Verdienst war noch schlechter, der Hunger größer bei der schweren Arbeit. Als er nachts von der Rodung zurückgekehrt ist, musste er durch ein letztes kleines Waldstück, das man im Dorf die Finsterau nennt. Und da hörte er eine Stimme. Ihm war, als ob ihn vom Wipfel der Tanne einer rufen würde. Der Anderl ist weitergegangen und hat sich gewunderte, weil er heute noch nicht einmal ein Bier getrunken hat. Dann hörte er die Stimme wieder, diesmal aus einem Wurzelstock: ‚Schließ mit mir Kameradschaft, dann verlässt dich das Kartenglück niemals! Sag einfach: ‚Zu Hilfe, Kamerad' und ich bin an deiner Seite.' Noch immer hat der Anderl seinen Ohren nicht getraut. Aber am nächsten Tag wollte er es doch ausprobieren: Er hat einen Wenz gespielt, hatte aber nur einen Unter und eine Sau. ‚Zu Hilfe, Kamerad!', hat der Anderl gerufen und der Stammtisch lachte auf. ‚Hilf dir selbst, dann hilft dir Gott', hat einer gesagt und alle haben gelacht. Aber wie es der Teufel will, der Anderl hat das Spiel gewonnen. Und von da ab jede neue Runde. Mit vollem Sackerl ist er heim, die anderen konnten es kaum fassen, dass einer so viel Glück haben kann – alle Laufenden bei jedem folgenden Spiel und das den ganzen Abend. So ein Kartenglück hat noch nie einer gehabt. Dass aber auch der Anderl seine Rechnung begleichen muss, das hat er noch am selben Abend gelernt. Er ist ins Bett gekrochen, den Beutel mit den

Münzen neben dem Kopfkissen, da hat es am Fenster seiner Kammer geklopft. Der Knecht hat aufgehorcht und wieder die Stimme aus dem Wald gehört, die sagte: ‚Mach auf, Kamerad!' Der Anderl ist zum Fenster, wohl war ihm nicht, aber sein musste es doch. Er hat durch die Vorhänge gelugt und vom Mondlicht beschienen ein rabenschwarzes Gesicht mit funkelnden Augen gesehen. ‚Mit Blut wollen wir den Pakt beschließen und dir soll es an nichts fehlen', haben die schwarzen Lippen gesagt und tatsächlich hat der Holzknecht das Fenster seiner Kammer aufgemacht und sich den Pakt in den Unterarm schneiden lassen. Von dieser Nacht an war das Glück auf seiner Seite. Beim Schafkopf hat der Anderl fortan mehr verdient als mit seinem mageren Gehalt. Die anderen Kartenspieler waren außer sich: Egal wie gut ihre Karten waren, keiner hat mehr gegen den Anderl gewonnen. Und alles, was der Holzknecht eingenommen hat, hat er noch am selben Abend verfressen und versoffen."

Diesen Teil der Geschichte schmückt die Mutter besonders aus und erzählt lang und breit, wie der Anderl an einem Tag mehr verschlungen hat als andere in der ganzen Woche und wie er sich immer Fleisch bestellt hat und von Demut keine Spur. So dick ist er schließlich geworden, dass er die Arbeit im Wald kaum noch geschafft hat. „Doch für den Anderl hat sowieso nur noch der Schafkopf gezählt. Und weil sein Ruf sich im Dorf verbreitet hat, haben sich immer ein paar gefunden, die gegen ihn spielen wollten. Denn keiner hat ums Verrecken glauben mögen, dass man so viel Glück haben kann. Doch schließlich musste auch der Anderl seine Rechnung begleichen. Als schon ein paar Jahre ins Land gezogen waren und er so fettleibig geworden war, dass auch der Förster ihn hinausgeworfen hat, weil er einen Holzknecht nicht brauchen konnte, der nicht in den Bergwald hinaufkommt, da ist der Anderl, wie es der Teufel will, wieder einmal durch die Finsterau gekommen. Und wieder hat er die Stimme über der Tanne und Worte aus dem Wurzelstock gehört: ‚Kamerad, hör!' Doch dem Anderl war es gleichgültig, er wollte nach Hause, seinen Rausch ausschlafen. Aber so einfach hat der Teufel sich nicht ausschmieren lassen.

Als die Holzknechte am nächsten Morgen durch die Finsterau aufgestiegen sind, haben sie den Anderl am Weg liegen sehen, den Oberkörper auf einen Wurzelstock gelehnt, mausetot, soviel war klar. Aus seinem Mund hingen Würste, Blut rann aus seiner Nase, sein Bauch war aufgeplatzt, die Gedärme quollen hervor. Einer der Waldarbeiter hat sich gebückt, um zu schauen, was passiert sein mochte, da hat er auf dem Unterarm mit Asche aufgemalt einen Stern mit fünf Zacken gesehen. Die Holzknechte haben sofort begriffen, dass der Leibhaftige den Völler geholt hat, und sind, so schnell sie ihre Beine getragen haben, zurück ins Dorf gelaufen, um die Nachricht unter die Leute zu bringen. Als der Pfarrer schließlich die besagte Stelle in der Finsterau erreicht hat, war der Leichnam fort und da, wo der Anderl gelegen ist, war eine große, lange Grube entstanden, die fortan der Fußabdruck des Teufels genannt wurde. Tags darauf ist die Wegführung durch die Finsterau geändert worden. Niemand wollte hier vorbeigehen. Und wenn die Holzknechte doch einmal in die Nähe dieser Stelle müssen, bekreuzigen sie sich eifrig. Maßhalten ist des Christenmenschen Pflicht!", sagt die Mutter zum Schluss. „Lern aus der Geschichte vom Anderl, dass man seinen Teller aufisst, aber nicht mehr verlangt als das, was darauf ist. Und lern auch, dass man zufrieden sein muss, mit dem, was einem der Herr gegeben hat." Dann steigt die Mutter ins Gasthaus hinunter und noch bevor sie ihren Fuß auf die letzte Treppenstufe gesetzt hat, ist die Mizzi eingeschlafen.

Tags darauf sitzt der Herr Professor allein auf der Terrasse vorm Gasthaus. Die Mizzi bringt ihm ein Glas Essigwasser gegen den Durst. „Setz dich kurz her zu mir, Mizzi", sagt er. „Ich danke dir, dass du gestern dem Fräulein Wischin meine Nachricht so schnell gebracht hast. Das Fräulein kommt in Kürze hierher, ich bin mit ihr verabredet und wollte dich bitten, ein paar Rosen für unseren Tisch zu besorgen." Die Mizzi nickt eifrig. „Dein Vater wäre sehr stolz auf ein Mädchen wie dich, Mizzi", sagt Maler Müller und hebt das Glas, als wolle er ihr zuprosten. Tränen steigen ihr in die Augen, leise antwortet sie: „Der Hochwürden meint, dass Kinder die starke Hand des Vaters brauchen, weil sie sonst vom rechten Weg abkommen. Aber ich will schon probieren, auf dem rechten Weg zu bleiben – selbst wenn ich nur die Mutter, den Onkel und die Tante habe."

„Auch ich bin ohne Vater groß geworden", entgegnet der Maler. „Er ist gestorben, da war ich noch ein kleiner Bub. Meine Mutter hat nur eine kleine Witwenrente erhalten, deshalb hat sie viele, viele Pflegekinder aufgenommen, um mich und meine Geschwister durchzubekommen. Aber bitte, schau mich an, aus mir und meinen Geschwistern ist allesamt etwas geworden! Mein Bruder ist sogar Professor in München." Schon macht sich ein Lächeln auf Mizzis Gesicht breit. Natürlich versteht sie, was ihr Maler Müller damit sagen will: Wenn er und seine Geschwister vaterlos anständige Menschen geworden sind, dann kann sie es auch. Vielleicht ist der Hochwürden manchmal zu streng in seinem Urteil. „Und jetzt lauf und hol mir die schönsten Rosen für das Fräulein", fordert der Herr Professor das Mädchen auf. Schon ist die Mizzi dahin.

DER BEISSWURM

Wenn im Sommer nach einem Gewitterregen wieder die Sonne scheint, geht die Mizzi mit der Mutter zur Minaruh, wo es die besten Schwammerl gibt. Aber man muss schnell sein und der Erste im Wald, sonst sind vor allem die Eierschwammerl abgeklaubt. Wenn es länger regnet oder recht kalt ist, rentiert es sich überhaupt nicht, weil es der Steinkopf nicht so nass mag. Heute stimmt das Wetter. Aber weil der Gastgarten voll ist, wird die Mizzi allein in die Schwammerl geschickt. Und schon ist sie aus dem Haus, den Prügelweg hinunter. Im Landhaus de Ahna stehen die Fenster offen. Mizzi hört Klaviertöne, eine Tonfolge, die sie bereits kennt. Das ist die Melodie, die der Hofkapellmeister gespielt hat, als die Mizzi während des Gewitters in seinem Zimmer gestanden ist. Dann aber hört sie ein anderes Musikstück, nur ein kurzes, gleich bricht es wieder ab, kurz darauf beginnt es von Neuem. Mizzi wundert sich. Da kommt die Huber Theres aus dem Blaß-Haus heraus. „Der Herr Hofkapellmeister komponiert!", meint sie voller Bewunderung und obwohl die Mizzi nicht recht versteht, was die Nachbarin meint, nickt sie und begleitet die Huberin, die nach Grassau will, schauen, ob es neue Stoffe gibt. Die Huberin ist nämlich Schneiderin.

Auf der Brücke bleiben die beiden stehen und schauen ins Wasser. Das macht die Mizzi immer so, wenn sie hinübergeht. Wenn wenig Wasser fließt, schließen die Kinder manchmal Wetten ab, wer sich traut, durch den Fluss auf die andere Seite zu waten. Aber bei den braunen Wassermassen heute würde sich keiner hineinwagen. Baumstämme und sogar ganze Wurzelstöcke fließen vorbei. Einmal hat die Mizzi sogar eine Kuh im Wasser treiben sehen. Ihr Bauch war so aufgebläht, dass das Tier oben aufgeschwommen ist wie eine Ente. Da hat die Mizzi gleich gewusst, dass der Kuh nicht mehr zu helfen war. Auch andere Dorfbewohner stehen an der Brücke und der Glaserer Ferdl sagt: „Wenn's nur kein Hochwasser gibt!" „Ein paar Gewitter im Tirolerischen und schon ist das Flussbett voll", nickt der Bader. „Der Herrgott wird ein Einsehen haben", meint die Theres und ist dahin.

Die Mizzi schaut ihr nach. Wenn sie es sich aussuchen dürfte, dann würde sie auch gerne Schneiderin werden. Am liebsten würde sie bei der Theres in die Lehre gehen, so schöne Kleider macht sie. Sogar die Familie des Hofkapellmeisters hat sich schon Gewand von ihr anfertigen lassen. Wunderschöne Stoffe hat die Huberin dafür beschafft: blaues Leinen mit weißen Streublumen darauf für die gnädige Frau und für den Buben hat sie ein blau-kariertes Hemd geschneidert, in dem er ganz fesch ausschaut, so als ob er gar kein Berliner wäre, sondern ein echter Marquartsteiner. Und auch der Komponist selbst hat ein Hemd bei ihr in Auftrag gegeben, eines aus weißen Leinen für den Sommer. Einmal hat er es sogar beim Kegeln im Postwirt getragen.

Schön stellt sich die Mizzi das Leben als Schneiderin vor, aber sie traut sich die Mutter nicht einmal zu fragen. Denn die würde sie schimpfen, dass sie Gott dankbar zu sein hat, wenn auf ihrem Teller ein Stück Brot liegt. Das versteht die Mizzi. Zu gut kann sie sich noch an die letzten Tage in Aibling erinnern: der Vater tot, die Mutter mit roten Augen in ihrer leeren Wirtschaft. Und wie der Lugginger ihr zugesetzt hat und darauf gedrängt hat, dass sie ihm endlich ihr Wirtshaus verkaufen soll, weil es ja eh nichts mehr wird mit ihr allein. Zu essen gab es nichts. Vielleicht hatte die Mutter auch vergessen, dass sie Hunger haben könnte, so viel hat sie geweint. Damals war die Mizzi froh, dass der Onkel gekommen ist und geholfen hat, das Wirtshaus zu verkaufen. Dann hat er ihre paar Sachen gepackt und auf das Fuhrwerk geladen, das er sich ausgeliehen hatte, um seine Schwester und die Nichte holen zu können. Als alles verschnürt auf der Ladefläche gelegen ist – viel war es ja nicht, zwei Truhen mit Gewand, Stoffen und Hausrat – und die Mutter schon neben ihrem Bruder auf dem Kutschbock gesessen ist, hat der Onkel geschimpft, wo denn die Mizzi bleibe, sie müssten los. Schließlich wollten sie vor der Dunkelheit in Marquartstein ankommen. Aber die Mizzi ist zwischen den Johannisbeersträuchern gehockt und hat sich versteckt. Weil aber ihre Beine rausgelugt haben, hat der Onkel sie gleich entdeckt. „Komm!", hat er mit seiner tiefen Stimme gebrummt und ihr zugenickt. „Steig auf, weil es Zeit wird." Doch die Mizzi hat sich nicht gerührt, auch als der Onkel sie wiederholt aufgefordert hat. Die Mutter ist immer noch auf dem Fuhrwerk gesessen. Vielleicht ist ihr gar nicht aufgefallen, dass die Tochter nicht dabei gewesen ist, schließlich war sie nur mit Weinen beschäftigt. Da hat der Onkel sich vor die Sträucher gekniet und gefragt: „Mizzi, wirst doch deine Mutter nicht auch noch alleine lassen?" Tränen sind der Mizzi über beide Wangen gelaufen, weil sie ohne die Mutter nie sein wollte, ohne die Mimi aber auch nicht. Also hat sie dem Onkel erklärt, dass ihr wegen der Katze das Herz so schwer ist. Da ist er zum Fuhrwerk gegangen, hat einen Weidenkorb ausgeräumt und zur Mizzi gemeint: „Schau, dass du sie erwischst!" Es hat nur wenige Augenblicke gedauert und schon ist die Mizzi auf das Fuhrwerk geklettert, ein fauchendes Körbchen in der Hand. „Du wirst Augen machen", hat der Onkel gesagt und ihr mit der Hand über den Kopf gestrichelt, „in den Lindenbaum vor dem Wirtshaus hab ich dir eine

Schaukel gehängt. Wenn du darauf sitzt, meinst du, du könntest über das ganze Tal fliegen!" Dann sind sie losgefahren.

Rücklings ist die Mizzi auf den Truhen gehockt und hat beobachtet, wie ihre Heimat immer kleiner und kleiner geworden und dann hinter dem Samerberg verschwunden ist. Und so ist sie von einem Wirtshaus ins andere gekommen. Das Gasthaus des Onkels ist zwar ein bisschen kleiner, dafür steht hinter der Gaststube noch ein kleiner Stall. Eine Kuh gibt Milch, die Hühner legen brav ihre Eier.

Am Tag ihres Umzugs hat sie sich gesagt, dass sie dem Onkel immer dankbar sein muss, weil es ohne ihn nicht gegangen wäre. Und wenn er manchmal grimmig ist, dann denkt die Mizzi daran, wie er vor den Johannisbeersträuchern gekniet hat, und schon muss sie lächeln.

Jetzt kommt die Sonne über den Zwölferspitz, also muss sie sich beeilen und kann nicht trüben Gedanken nachhängen. Am Nachmittag soll sie noch eine Familie aus Bayreuth auf das Windeck führen und eine Jause hinauftragen. Wenn die Sonne über den Bergrücken zieht, muss es schon acht Uhr sein, also pressiert es, wenn es mit den Schwammerln zum Mittagessen noch etwas werden soll. Zum Trödeln ist keine Zeit mehr, die Mizzi läuft über die Brücke und trifft auf das Lisei. „Gehst du mit mir in die Schwammerl?", fragt die Mizzi. Natürlich ist das Lisei gern dabei. Schon kreuzen die Freundinnen den Fahrweg und steigen zu den Weiden hinauf, wo die Ziegen grasen. Eigentlich ist keine Zeit dafür, aber die Mizzi will sie kurz streicheln. Jetzt erst fällt den Mädchen ein Mann auf: Unter seiner Joppe trägt er ein hellrotes Hemd, sowas kennt man aus dem Tal nicht. Er kommt auf sie zu und spricht sie direkt an, seinen Dialekt verstehen die beiden Mädchen nur mit Mühe: Ob sie auch in die Schwammerl gehen würden, will er wissen. Er muss drei Mal fragen, bis die Mizzi verneint. Ihre Plätze würden sie ihm sicher nicht verraten. Der Onkel hat sie ihr gezeigt und der hat sie von Mizzis Großvater. Solche Plätze verrät man nicht. Also schüttelt sie den Kopf. Sie sollen sich vor dem Beißwurm in Acht nehmen, ermahnt sie der Fremde und fügt hinzu, dass der Beißwurm an seiner braunen Farbe zu erkennen und giftig sei. Man müsse sich ruhig halten, bis er weg sei, dann passiere einem nichts. Dann hebt der Mann im roten Hemd seinen Hut zum Gruß und weg ist er.

Mizzi hört ihn noch ein Lied pfeifen, das ihr ebenso wenig vertraut ist wie sein Dialekt. Die Sonnenstrahlen werden stärker und die Mizzi denkt bei sich, dass es gegen halb neun Uhr gehen muss und die Zeit drängt. Der erste Schwammerlplatz liegt nur wenige hundert Meter hinter der Ziegenweide. Die Mizzi und das Lisei müssen ein bisschen durchs Dickicht, bis sie auf eine einzelne hohe Tanne stoßen. Dort zweigt ein Pfad hangabwärts ab. Und wo der Waldboden sich Richtung Süden neigt, stehen fünf Buchen, darunter wächst Moos und Heidekraut und der Steinkopf in rauen Mengen. Noch bevor sie die Pilze sehen, kann die Mizzi sie schon riechen. Die Mädchen können sich einfach hinknien und einen Pilz nach dem andern abernten und in ihr Körbchen legen. Offenbar sind sie die Ersten. Von den Steinköpfen lassen sie die kleinen stehen und gehen dann weiter, den Hang Richtung zur Hochplatte hinauf. Rehlinge braucht die Mizzi auch noch. Wo drei Tannen nahe beieinanderstehen, hat der Onkel ihr einen Platz gezeigt, an dem es zuhauf welche gibt. Und tatsächlich stehen sie da, kleine gelbe Punkte im frischen Gras. In der nächsten Umgebung kann Mizzi auch das zweite Körbchen bis oben hin füllen. Es ist warm geworden. Das Lisei legt sich ins lange Gras und plappert vor sich hin: „Wenn ich groß bin, will ich in einer

Strickerei arbeiten." Gerade überlegt die Mizzi, von ihrem Wunsch zu erzählen, das Nähen zu lernen, da sieht sie aus dem Augenwinkel etwas Braunes zwischen den Rehlingen: Ob das ein Steinkopf ist, der sich zwischen die gelben Schwammerl verirrt hat, überlegt sie. Aber da bewegt sich der braune Fleck. Und sofort fallen ihr die Worte des Wanderers ein und ihr wird klar, dass das eine Schlange sein muss. Der zierliche Körper windet sich durchs Gras, ohne ein Geräusch zu machen. Und wie ein Blitz fährt es der Mizzi ein, wie der Fremde vom Beißwurm, von einem braunen Tier gesprochen hat und dass es giftig ist. Still sein, hat er ihr geraten. „Halt dich ruhig", flüstert sie dem Lisei zu, die ein wenig entfernt ist. „Ein Beißwurm!" Aber wie sollen sie das machen, ruhig bleiben, wo die Beine nur weglaufen wollen. Doch tatsächlich bewegen sich die Mädchen nicht. Die Mizzi fürchtet, dass die Schlange ihr Herz schlagen hört. Die Augen nicht schließen, nicht blinzeln, nichts bewegen, gar nichts, so redet sie sich zu. Es kann alles gut gehen. Und es wird alles gut gehen, wenn der liebe Gott ein Auge auf sie hat, das weiß die Mizzi. Langsam schlängelt sich das Tier direkt auf Mizzi zu. Es liegt alles in Gottes Hand, denkt sie. Wenn der Beißwurm sie erwischt, dann kommt sie zu ihrem Vater. Der Tod ist vielleicht eine Heimkehr.

Dann zieht die Schlange an ihr vorbei, bewegt sich auf das Lisei zu. Die Mizzi sieht die Angst in den Augen der Freundin. An ihrem Hals erscheinen rote Flecken. Aber auch das Lisei hat Glück. Die Schlange verschwindet im tiefen Gras. Lange rühren sich die Mädchen nicht und schweigen, die Augen auf die Stelle geheftet, an der das Tier sich verkrochen hat. „Auf drei!", zischt die Mizzi und dann zählt sie leise. Bei drei rennen die Mädchen los, so schnell sie können. Sie wollen ins Dorf zurück. Und sie laufen, bis sie wieder an der Achenbrücke stehen. „Ich hab gedacht, dass wir sterben", keucht das Lisei. Mizzi nickt. „Ich hab an den Vater denken müssen, an die Mutter gar nicht", gesteht sie der Freundin. Und es war tatsächlich ein Trost, dass das Sterben nicht das Schlimmste ist. „Aber lieber lebe ich", sagt das Lisei und es bricht regelrecht aus ihr heraus: „Die Vögel hören und die Sonne spüren, bis die Haut spannt." Die Mizzi schluckt. Ganz trocken ist ihr Mund vor Angst. „Vielleicht hättest du drüben deine Eltern wiedergesehen", meint die Mizzi leise zum Lisei. Aber die hat ihre gute Laune schon wiedergefunden: „Wenn wir graue Haare haben, dann soll der Beißwurm uns erwischen, am besten gleichzeitig! Aber heute will ich nicht tot sein. Was soll ich denn unter der Erde?" Das Lisei lacht und läuft heim ins Armenhaus. Die Mizzi schaut ihr nach. Erst jetzt merkt sie, dass sie die Körbchen im Wald hat liegen lassen. Mutter und Onkel werden sicher böse sein, wenn sie ohne Schwammerl heimkommt. Doch wider Erwarten wird sie nicht einmal ausgeschimpft, als sie in die Gaststube tritt und vom Beißwurm erzählt. Gleich fällt der Mutter ein, dass die Schlange die Strafe Gottes sei, wenn einer gegen ihn aufbegehre. Ein Tier der Überheblichkeit, des Ungehorsams und des Hochmuts. Die Mizzi habe gut daran getan, so schnell von einem Ort zu fliehen, an dem die Sünde nah ist. Von dem Fremden erzählt die Mizzi nichts und dass das Lisei sie begleitet hat, verschweigt sie auch.

DIE DRUD

Es pressiert. Der Onkel hat den Rucksack für die Wanderung mit den Sommerfrischlern schon geschnürt. Brot ist darin, Speck und Käse, Radieschen, Holunderlimonade und eine

Flasche Bier für den Herrn Kommerzienrat. Natürlich hat der Onkel auch Brotzeitbrettchen dazugelegt, Stoffservietten und ein großes Tuch, damit sich die Familie hinsetzen kann, ohne sich schmutzig zu machen. Mizzi hat schon oft Berggymnasten hinaufgeführt, für sie ist es ein gutes Zubrot. Einmal ist sie ganz allein hinaufgelaufen, weil ein Herr aus Frankfurt seine Brille oben hat liegen lassen. Da ist die Mizzi in der Dämmerung los, hat die Brille an der vermuteten Stelle gefunden und war eine halbe Stunde später schon wieder im Tal – noch bevor es richtig dunkel gewesen ist. Die Mutter hat damals gesagt: „Ein flinkes Mädchen habe ich!" Aber wenn die Mizzi eine Familie führt, braucht sie für dieselbe Strecke den halben Tag, denn zum Ausflug gehören viele Pausen beim Auf- und Abstieg, Erklärungen und Geschichten und dazu noch eine große Bergjause.

Heute holt Mizzi die Familie Schlickenschild im Gasthaus zur Post ab: Das Ehepaar und ihr Sohn Emil, der vielleicht ein oder zwei Jahre jünger sein dürfte als Mizzi, sind schon fertig und warten voller Ungeduld auf ihren ersten Bergausflug. Mizzi knickst höflich, wie sie es gelernt hat, stellt sich vor und schon geht sie voran, den Prügelweg hinauf, vorbei am Forsthaus, wo sie die Ortschaft verlassen. Im Sommer grasen hier die Milchkühe, erklärt die Mizzi, das Jungvieh ist auf der Alm und die Ziegen sind auf felsigem Untergrund, weil sie die geschicktesten Kletterer sind. Der Herr Kommerzienrat schlägt vor, dass man an der Weide ein wenig stehen bleiben könne. Der kleine Emil sehe Kühe und Schafe ja nicht alle Tage. Mizzi lockt die Tiere mit einem Büschel Löwenzahn und tatsächlich traben zwei Kühe träge an den Zaun. Der Herr Kommerzienrat erlaubt, dass Emil die Rindviecher anfasst. Er streichelt der Kuh einmal übers Ohr. Als das Tier aber seine raue Zunge um Emils Handgelenk schlingt, nimmt der Bub Reißaus. „Komm, Emil, lass dich saubermachen!", ruft seine Mutter. Der Kleine lässt es sich gefallen und hält sich dann an Mutters Rocksaum fest. „Schau dir die Tiere in Ruhe an, mein Junge", sagt der Kommerzienrat und wischt sich den Schweiß von der Stirn. So stehen sie und beobachten, wie die Kühe kehrtmachen und den Hang hinaufstapfen, um sich im Schatten einer Tanne niederzulassen.

Dann geht die Wanderung weiter, doch schon nach wenigen hundert Metern verlangt die Familie wieder nach einer Rast. „Erzähl uns doch ein bisschen was von den Eingeborenen!", fordert der Kommerzienrat die Mizzi auf und so erklärt sie an der Weggabelung, dass der ausgetretene Pfad, der nach rechts abzweigt, auf den Gipfel des Hochgern führe. Früher seien dort oben nur die Almen vom Gattererbauer gewesen, aber im letzten Jahr habe der Weiß Josef ein Berghaus unterhalb des Gipfels errichtet, das den Berggymnasten den Aufstieg erleichtern solle. Es gebe dort sogar warme Speisen und eine kleine Herberge. Alle Sommerfrischler, die einmal oben eine Nacht verbracht hätten, so die Mizzi, seien begeistert wieder heruntergestiegen. Mit Mulis, denen die Gepäcktaschen um den Bauch geschnürt werden, transportiere der Sepp die Lebensmittel hinauf. Wenn viel Betrieb sei, komme er sogar mehrmals die Woche ins Dorf, um Vorräte zu besorgen. Der Herr Kommerzienrat hört genau hin: „Donnerwetter! Ich sag ja immer: Auf eine gute Jause kommt es an."

„Und wohin führt dieser Pfad?", fragt der kleine Emil und deutet auf einen verwucherten Weg. Die Mizzi schluckt. Ungern spricht sie über Dinge, vor denen sie sich selbst fürchtet. „Es ist nur eine Spur der Holzarbeiter. Wenn man weitergeht, kommt man durch die Finsterau." Der Herr Kommerzienrat lacht auf: „Finsterau! Herrlich diese Namen! Als ob hinter jedem Baum ein Dämon lauern würde. Diese Bergvölker und ihre Mythen!" Mizzi lächelt und ist froh, dass sich keiner weiter nach der Finsterau erkundigt. Schnell merkt sie an, dass der Weg von nun an zwar nicht weniger steil, aber durch den Bergwald viel schattiger sei. „Wollen wir es hoffen!", seufzt die Frau Kommerzienrat und setzt sich mühsam in Bewegung. Wieder führt die Mizzi die Gruppe an, Emil folgt ihr auf den Fuß, mit etwas Abstand wandert Frau Schlickenschild und der Kommerzienrat bildet weit abgeschlagen den Schluss. „Mach nicht so hastig, dummes Ding", schnauft die Dame. „Mein Mann hat es am Herzen." Also bleibt Mizzi stehen und zeigt auf die blauen Blumen am Wegesrand: „Da sind Schusternägel, Frau Schlickenschild, wir nennen sie gern den Frühlingsenzian." „Was?", ruft die Frau Kommerzienrat verblüfft aus. „Schau mal, Gottfried, wir sind so hoch aufgestiegen, dass schon Enzian blüht." Mizzi pflückt ein paar für die feine Dame. Emil hat entdeckt, dass der Weg nun über einen kleinen Bachlauf führt. Er staut das Wasser mit ein paar Steinen. „Gut gemacht, Junge! In dir steckt ein echter Ingenieur!", keucht der Kommerzienrat und schickt seinen Sohn dann los: „Befeuchte mir mein Taschentuch, damit ich es weniger heiß habe." Am Wasser blüht der Bienenfang, auch davon pflückt die Mizzi ein paar Stängel und überreicht sie der Frau Kommerzienrat. „Eine ordinäre Taubnessel, du dummes Ding!", schimpft die und wirft die Blumen auf die Erde. Ihr Mann hat sich ein klatschnasses Taschentuch auf die Stirn gelegt, knurrt, dass es so schon viel besser gehe, und setzt sich dann mürrisch in Bewegung. Aber sie kommen nicht weit, weil Emil nach nur wenigen Schritten zu weinen beginnt, sich auf den Boden wirft und klagt, dass ihn seine neuen Schuhe drücken.

Sein Vater poltert los und befiehlt dem Kleinen, sofort aufzustehen. Er weist die Mizzi an, ein Lied anzustimmen, damit sein Sohn wieder auf andere Gedanken komme. Also singt sie von den zwei Hasen, die im tiefen Tal das Gras abfressen, ehe ein Jäger auf sie schießt. Die Hasen sind zwar erschrocken, haben den Anschlag aber unbeschadet überstanden und hüpfen von dannen. „Jetzt ist es besser", schluchzt der kleine Emil mit Tränen in den Augen. Dann gehen sie eine Weile weiter, passieren einen Weg, der direkt in den Fels geschlagen ist. Immer wieder geben umgestürzte Bäume den Blick ins Tal frei. Und dann stehen sie an der Felsnase, die sich vom Gipfelmassiv abhebt. Nur im Winter verdiene das Windeck seinen Namen, wenn von Norden der Schnee ins Tal fliege. Im Sommer sei es ein lauschiges Fleckchen, erklärt Mizzi. „Ein göttlicher Ausblick!", ruft die Frau Kommerzienrat und lässt sich auf das weiße Tuch fallen, das die Mizzi über die dürren Gräser gelegt hat.

„Man muss ein wenig aufschauen", warnt die Mizzi, „die Felsen fallen steil ab!" Und schon drängt sich Emil nahe an die Mutter. Der Herr Kommerzienrat trinkt in einem Zug sein Bier aus. Dann isst er den Speck in daumengroßen Streifen, ganz ohne Brot. „So schön ist es hier, da kommt man in Versuchung, doch zum Unterkunftshaus am Hochgern hinaufzuwollen", meint er. Die Mizzi nickt. Die feine Dame notiert etwas in ein kleines, schwarzes Büchlein. Dann geht die Sonne hinter der Hufnagelalm unter. Mizzi wird unruhig. Auf die Frage des Kommerzienrats, warum sie so nervös werde, antwortet sie: „Die Dunkelheit mag ich nicht. Es ist, als ob aus jedem Baum ein Gesicht herausschauen würde!" Sofort will Emil wissen, wovon sie spricht. Die Geschichten von Hexen, Teufeln und allem, was damit zu tun hat, hat die Mutter ihr bestimmt hundertmal erzählt. Und auch die dazugehörenden Mahnungen der Erwachsenen haben sich in Mizzis Gedächtnis eingebrannt. Im Halbschlaf könnte sie jeden einzelnen Spuk heruntersagen: „Hinter der Baumrinde könnte sich die Drud versteckt haben und die gehört zu den bösen Geistern. Ihre Hände und Füße sind voll grauer Haare, ihr Gesicht ist starr wie eine Maske. Oft verwandelt sie sich in eine Eule, dann fliegt sie bei Nacht durch geöffnete Fenster und setzt sich dem Schlafenden auf die Brust, bis er erstickt." Der kleine Emil schreckt zusammen, seine Mutter legt ihren Arm um seine Schulter. „Dass diese Bergvölker so abergläubisch sind", lacht der Herr Kommerzienrat, erhebt sich aber und zeigt sich immerhin bereit zum Abstieg. Nach einiger Zeit wagt der Kleine nachzufragen, ob die Mizzi noch mehr von der Drud wisse. Und das tut sie natürlich: „Die Drud wohnt in den Bergen – in Höhlen oder unter Wurzeln. Manchmal sitzt sie auf einem Ast und schaut auf die Wanderer hinunter. Und wenn sie weiterfliegt, wächst an der Stelle, an der sie eben noch war, ein Gewirr aus Haaren, Harz und Dornen. Manchmal kann man es auf dem Waldboden entdecken. Die Haare der Drud sind verknotet und sobald ein Mensch sie berührt, verfilzen auch seine Haare, sodass sie nicht mehr entwirrt werden können."

Da deutet der Herr Kommerzienrat plötzlich auf einen Punkt in der Ferne und ruft: „Da hinten! Die Drud! Ich hab sie ganz genau gesehen." Mizzi schluckt, die gnädige Frau kreischt, Emil verschwindet unter ihrem Rock und Herr Schlickenschild lacht. Das alles sei doch nur ein Scherz gewesen, er habe seine Familie ein wenig ärgern wollen. Und dann fordert er Mizzi auf, ruhig weiterzuerzählen. Was es da zu lachen gibt, versteht die Mizzi zwar nicht, aber sie schluckt den Schrecken hinunter und fährt mit mulmigem Gefühl fort: „Die Drud plagt auch Tiere. Sie setzt sich gern auf Pferde oder Hennen, die dann sonderbare Laute von sich geben. Man kann versuchen, die Tiere mit einem Bärlauchsud zu waschen, meist nutzt es aber nichts. Die meisten, auf denen die Drud gesessen ist, verrecken. Bei Schafen ist es besonders schlimm, sie erstarren einfach. Dann fressen sie nicht mehr und sterben. Das nennt man die Schrattelsucht." „Das ist ja schrecklich!", platzt es aus Emil heraus, der den Tränen nahe ist. „Kann man denn da gar nichts machen?" „Freilich!", entgegnet die Mizzi. „Hier im Dorf legen wir den Schafen ein Band um, das vorher durch den Weihbrunnkessel gezogen wurde. Und so sind unsere Schafe vor der Drud geschützt. Am meisten schadet die grausame Frau aber den Menschen. Sie kann Husten und Fieber herbeizaubern. In Brandenberg soll die Drud im vergangenen Jahr sogar einen Knecht erstickt haben, so sehr hat sie ihn geplagt. Im Schlaf hat sie ihn gepackt und am nächsten Morgen war er tot. Der Bauer hat den Leichnam gefunden und gleich gewusst, dass es die Drud gewesen sein muss." Woran der Bauer das gleich erkannt habe, will Emil wissen, während sie den kleinen Bach überqueren, der dem Jungen beim Aufstieg noch so gut gefallen hat. Jetzt hat er keine Augen mehr dafür, er hängt an Mizzis Lippen. „Weil sein Kopfpolster zerwühlt war. So etwas macht nur die Drud!", erklärt die Mizzi. „Das Beste ist es, die Kammer mit Weihwasser zu besprengen. Kommt die Drud und ist alles geweiht, schreit und heult sie vor dem Fenster, traut sich aber nicht hinein."

Die kleine Gruppe nähert sich der Kuhweide. „Gut, dass wir zur Dämmerung im Dorf sind", meint die Mizzi und irgendwie scheint sogar der Herr Kommerzienrat erleichtert. „Und dieses Tal ist ganz verschont geblieben?", will Emil wissen. Und da erzählt ihm die Mizzi auf den letzten Schritten ins Dorf die Geschichte vom Niederwössner, der eines Morgens seine Pferde vors Fuhrwerk spannen wollte und ihre Mähne in tausend kleine Knoten und Zöpfe geflochten vorgefunden hat: „Da hat der Bauer beschlossen, die nächste Nacht im Stall zu bleiben und Wache zu halten, um mit eigenen Augen zu sehen, ob die Drud am Werke ist. Aber die Augen sind ihm zugefallen. Erst bei Tagesanbruch ist er aufgewacht und hat gesehen, dass seinen Pferden wieder der Schweiß am Fell klebt und ihre Mähnen wieder verknotet sind. Auch den Bauern auf den Nachbarhöfen passierte das Gleiche. Da hat der Niederwössner am dritten Morgen einen Hund entdeckt, der ihn schief angeschaut und immer gejault hat, wenn er sich ihm nähern wollte. Keiner wusste, woher der Hund gekommen war. Da hat Niederwössner kurzen Prozess mit dem Untier gemacht und ihm den Kopf abgehackt. Seither ist Ruhe im Tal. Von der Drud sind alle verschont", beschließt die Mizzi die Geschichte.

„Ihr Bergmenschen seid mir ein sonderbares Völkchen. Abergläubisch und voller Humor!", verabschiedet sich der gnädige Herr von der Mizzi und gibt ihr zwei Pfennig. „Einer ist für die Führung und der andere für die gute Unterhaltung", meint er und dann verschwindet die Familie im Gasthaus zur Post. Als die Mizzi am Abend in ihrem Bett liegt, ist sie froh, dass die Mutter Weihwasser in der Kammer verspritzt hat und ihre Schuhspitzen zur Tür zeigen. Angst hat sie nicht direkt vor der Drud, aber ganz geheuer ist ihr die Sache nicht.

DAS LISEI

Dass die Mizzi das Hannerl nach der Sache mit dem Baltasar nicht mehr hat treffen dürfen, weil deren Mutter es verboten hatte, hat die Mädchen schwer getroffen. Das Hannerl muss zu Haus bleiben und auf den kleinen Bruder aufschauen. Wie gerne würden die Mädchen mit den anderen Kindern am Sonntagnachmittag zum Forellenangeln gehen oder zum Plantschen an den Fluss. Die Ache macht an dieser Stelle gleich zwei scharfe Kurven und dadurch ist eine Kiesbank entstanden, an der sich meterhoch feiner Sand sammelt. Manchmal sind Holzknechte da, die Baumstämme aus dem Wasser fischen, aber etwas flussaufwärts treffen sich die Kinder, wenn es heiß ist und man die Füße ins kalte Wasser hängen lassen kann. Aber ohne das Hannerl dorthin zu gehen, macht der Mizzi keine Freude. Da schwitzt sie lieber. Außerdem treiben sich da immer der Stofferl, der Franz und der Wiggerl herum und denen mag die Mizzi nicht begegnen. Und weil Maler Müller wegen des trockenen Wetters unermüdlich unterwegs ist, hat die Mizzi dafür sowieso keine Zeit.

An einem heißen Sonntag im Juni, einer der letzten vor den Ferien, stehen die Mizzi und der Maler an der Wuhr mit Blick auf die Trift, wo die Holzknechte die Baumstämme aus dem Wasser fischen. Der Herr Professor hat seine Staffelei zwischen Sägerei und Armenhaus aufgestellt. Sonnenblumen gibt es hier in Mengen, auch Rosen und eine gute Perspektive auf die Schnappenkirche, meint er. Auf der anderen Seite der Ache befindet sich der Ganterplatz: Stofferl und Franz spielen am Wasser. Auch das Lisei und ihre große Schwester Barbara sind dabei. Der Blick des Malers richtet sich flussabwärts auf eine bewaldete Kiesbank. Er brauche viele Skizzen für den Winter, so hat er es der Mizzi erklärt. Denn im Winter wolle er lieber in einer warmen Stube malen und dafür benötige er etwas, was die Landschaften und Blumen festhält. Mizzi versucht sich zu konzentrieren, um seine Anweisungen schnell umzusetzen. „Einen neuen Bogen", sagt er dann und wann oder: „Die Staffelei in den Schatten!" Zwischen den Aufträgen spitzt Mizzi die Bleistifte und schaut hinüber zum Ganterpatz, wo die Klassenkameraden spielen. Der Franz und der Stofferl haben zwei Baumstämme zusammengebunden und wollen sich damit offenbar ein Floß bauen. Die Mädchen lassen die Beine ins Wasser hängen, das Lisei winkt zur Mizzi herüber, auch ihre Schwester Barbara winkt. Sie wohnt ebenfalls im Armenhaus. Die Mutter würde sie tadeln, aber die Mizzi winkt zurück.

Jetzt braucht der Maler wieder einen neuen Bogen, schnell ist die Mizzi zur Stelle. Und dann sieht sie, wie das Lisei und die Barbara zu den Buben gehen und sich das Floß zeigen lassen. Stolz ist der Stofferl, das kann die Mizzi auch auf die Entfernung erkennen, immer wieder schlägt er sich auf die Brust. Offenbar hält er sich für den Bauherrn dieses Gefährts. Und die Mädchen scheinen tatsächlich beeindruckt, die Barbara setzt sich sogar auf die Baumstämme, die noch am sandigen Ufer liegen und zeigt mit der Hand flussabwärts. Die Mutter denkt, dass die Barbara nicht gescheit sei, obwohl sie mit der Schule fertig ist, eine Rumtreiberin nennt sie sie. Die Barbara hat nämlich schon einen Bekannten, von dem sie glaubt, dass er sie bald heiraten wird: der Paul aus Pettendorf. Der hat eine Anstellung bei der Bahn mit eigener Uniform und Pfeife. Aber die Mutter sagt immer: „Im Leben heiratet der so eine nicht!" Die Mizzi hat einmal gefragt, was sie damit meine. Und die Mutter hat die Mizzi auf das Armenhaus hingewiesen und dass nichts Gescheites herauskommen könne, wenn ein Mädchen ganz ohne Eltern aufwachse, und dass es eine Schande sei, wie die Barbara sich an den Paul heranwerfe. Am Sonntag sieht man die zwei nach der Messe manchmal gemeinsam in den Wald spazieren und erst am Abend wieder herauskommen. So wie die sich anschauen, glaubt die Mizzi schon, dass der Paul die Barbara einmal heiratet. Dann wären sie eine richtige Familie und könnten das Lisei zu sich holen, so stellt die Mizzi sich das vor, weil die Freundin ihr leidtut, so ganz ohne Eltern.

Daran denkt die Mizzi, während sie zum anderen Flussufer hinübersieht. Als die Buben das Floß schließlich ins Wasser lassen, applaudieren Barbara und Lisei. Schnell springen die vier auf die Stämme. Das Floß treibt am Rand der Ache, offenbar ist es in einen leichten Strudel geraten, denn ganz langsam dreht es sich immer wieder im Kreis. Die vier auf dem Gefährt lachen laut und Mizzi kann es bis auf die andere Flussseite hören. Maler Müller beginnt währenddessen vom Fräulein Wischin zu schwärmen. Beim Kartenspielen mit den drei Herren sei sie kürzlich durchs Gartentor geschritten. Die Sonne habe schon hinter dem Geigelstein verschwinden wollen und gerade noch ihren Rücken gestreift, sodass es ihm erschienen sei, als ob sie Flügel hätte, so schwärmt der Herr Professor. Mizzi beobachtet, wie Franz ins seichte Wasser springt. Er kann stehen und schaukelt das Floß so stark, dass der Stofferl das Gleichgewicht verliert und unter lautem Gelächter ins Wasser fällt. Beide Buben halten das Holzgefährt nun fest, der Stofferl vorne, der Franz hinten und dann wird gerüttelt, bis auch die Barbara ins Wanken kommt und in den Fluss taucht. Lachend watet sie ans Ufer und wringt das Wasser aus ihrem dicken Zopf.

Er habe sich entschieden, so beginnt der Maler von Neuem mehr mit sich selbst als mit Mizzi zu sprechen, ja, nach einigem Grübeln habe er sich entschieden, dem jungen Fräulein Wischin seine Absichten mitzuteilen. Dabei schaut er nicht von der Staffelei auf und scheint auch vom Geschrei der Kinder keine Notiz zu nehmen. Vielleicht werde er ihr erneut eines seiner Rosenbilder schenken, er finde die Idee originell, statt einer echten Rose ein Gemälde zu schicken. Vermutlich werde er in dieser Sache wieder Mizzis Dienste in Anspruch nehmen, bemerkt der Herr Professor. Mizzi nickt und richtet dann ihre Aufmerksamkeit ganz auf das andere Flussufer.

Noch immer ist lautes Lachen zu hören, das Lisei kann sich auf dem wackelnden Floß gut halten. Geschickt ist sie, ein drahtiges Mädchen, denkt sich die Mizzi. „Mir pressiert es!", drängt Maler Müller plötzlich. Am Sonntag speise das Fräulein Wischin beim Postwirt, da wolle er wie zufällig dazustoßen. „Dass du mir die Staffelei und die Skizzen zusammensuchst und alles nach Staudach bringst", trägt er der Mizzi auf und schon hastet er am Armenhaus vorbei davon. Gleich fängt die Mizzi an, alle Skizzen aufzusammeln und zu verschnüren. Sie weiß, wie sie das Papier rollen, die Stifte einstecken und die Staffelei zusammenklappen muss. Da sieht sie das Lisei ins Wasser fallen. Die Buben geben lauten Applaus. Und als das Lisei auftaucht, lacht sie und hält sich am Floß fest. Sie könnte im flachen Wasser sicherlich stehen, aber der Stofferl packt sie und taucht sie unter Wasser. Und kaum ist sie wieder an der Oberfläche, da drückt der Franz ihren Kopf nach unten. Mizzi hört das Johlen der Jungen und Barbaras Lachen. Kalt ist das Wasser, selbst im Sommer, aber was macht das schon an einem heißen Tag wie heute. Immer wieder schaut die Mizzi hinüber, wie das Wasser spritzt. Noch immer drücken die beiden Liseis

Kopf unter Wasser. Noch immer steht die Barbara am Ufer, wringt das Wasser aus ihren Kleidern. Von den fünf Bleistiften, die der Herr Professor heute benutzt hat, kann Mizzi nur noch vier finden. Sie sucht im Gras zwischen der Schafgarbe und als sie wieder aufblickt, treibt in der Ache ein Körper.

„Lisei?", will die Mizzi rufen, aber ein dicker Brocken steckt in ihrem Hals. Sie läuft ans Ufer, bis zu den Knien traut sie sich ins Wasser, aber zum Lisei auf die andere Seite kommt sie nicht. Der Strom ist zu reißend. Der Franz und der Stofferl laufen weg und verstecken sich in den Büschen. Die Barbara rennt auf der anderen Flussseite dem treibenden Körper hinterher und rudert mit den Armen. „Hilfe!", schreit Mizzi und ihre Stimme wird immer lauter und lauter: „Hilfe!" Etwas anderes fällt ihr nicht ein. „Zu Hilfe!" Da wird das Lisei in den Sog eines Wirbels gerissen, der direkt auf die Staustufe zufließt. Zusammen mit einem Baumstamm und Geäst wird sie im Strudel nach unten gezogen. Das Wasser fließt weiter.

Nun läuft auch Mizzi flussabwärts. Sie auf der einen Seite, auf der anderen die Barbara, in der Mitte des Stroms ein stiller Körper, das Gesicht nach unten gekehrt. Barbara kreischt, sie stößt Laute aus, die Mizzi noch nie von einem Menschen gehört hat. Dann stolpert die Barbara, fällt nieder. Zwei Mal versucht sie noch aufzustehen, sie kommt aber nicht mehr in die Höhe. Liseis Körper treibt weiter. Barbara ist neben dem Elektrizitätswerk liegen geblieben. Noch einmal versucht Mizzi bis zu den Hüften im Wasser stehend die Freundin zu erreichen. Aber sie ist zu langsam. Kaum hat sie sich in die Mitte des Flusses vorgekämpft, ist das Lisei schon an ihr vorbei. „Sie ertrinkt!", ruft die Mizzi. „Sie ertrinkt! Helft doch!" Endlich hören auch andere Dorfbewohner ihr Geschrei. Der Glaser brüllt: „Zu Hilfe!" Er kann lauter schreien als die Mizzi.

Die Schwendners, die gerade die Brücke überqueren, werden aufmerksam und sehen den leblosen Körper im Fluss. Gleich läuft der Schwendner zum Wasser hinunter, watet hinein und tatsächlich: Es gelingt ihm, das Lisei mit seinem Stock anzuhalten und aus den Fluten zu ziehen. Als der Schwendner das nasse Bündel vom Ufer zum Baderhäusl hinaufträgt, ist auch die Mizzi an der Brücke angekommen. Sie sieht, wie Liseis Kopf über dem Arm ihres Retters herabhängt und sie muss an die Gämsen denken, die der Jägerbursche immer vom Berg herunterbringt. Deren Kopf fällt auch so seltsam vom Körper weg.

Das halbe Dorf ist mit einem Mal unterwegs, alle kommen an der Brücke zusammen. Der Bader und der Schwendner beugen sich über das Gesicht vom Lisei. Beide schütteln den Kopf. „Sie schnauft nicht mehr", hört Mizzi den Bader sagen. Und wenn sie nicht mehr schnauft, dann ist sie beim Herrgott, das weiß die Mizzi. Denn bei ihrem Vater war es genauso. Alle sind nun auf den Beinen, sie laufen von der einen Brückenseite zur anderen, sie reden, sie rufen, als könnten sie das Lisei wieder lebendig machen, aber deren Kopf ist zur Seite gerollt und liegt zurückgebogen am Boden. Über ihre Stirn rinnen Tropfen, ihre Augen stehen offen, starren ins Leere. Die Mizzi kann ihren Blick nicht von der Toten wenden.

„Dass du es nicht bist!", hört sie plötzlich eine Stimme neben sich. „Dass du es nicht bist! Dass du es nicht bist! Um Gottes willen! Ich hätte es nicht ertragen!" Dabei küsst die Mutter sie immer und immer wieder und weint. Dann legt die Mutter ihre Arme um Mizzis Schulter und führt sie nach Hause. Vorbei an Liseis totem Körper. Vorbei an Maler Müller, der bewegungslos an der Brücke steht und auf den Leichnam starrt. Vorbei an Barbara, die von der Huberin festgehalten wird. Vorbei am Schwendner und vorbei am Bader. Vorbei an allen, die dastehen und immer wieder Gott oder die Muttergottes anrufen und sich bekreuzigen. Erst als die Haustür hinter Mizzi und der Mutter ins Schloss fällt, schießen dem Mädchen Tränen in die Augen – Tränen, die bis in die Nacht nicht enden wollen. Sie kann nichts sagen, sie muss nur immerzu weinen. Die Tante reibt Mizzi trocken, der Onkel sitzt unter dem Herrgottswinkel und schüttelt den Kopf. Die Mutter küsst sie immer wieder. Doch so gut sie es meinen, Mizzi kann nicht aufhören zu weinen. Und als sie am Abend in ihrem Bett liegt, die Wangen nass, das Kopfkissen nass, da legt sich die Mutter neben sie und hält sie fest. So schlafen sie beide ein.

Mitten in der Nacht wacht die Mizzi auf. Die Mutter liegt immer noch dicht hinter ihr. Das ist gut so. Aber dann schießen ihr die Bilder wieder in den Kopf: Das Lisei ist tot. Wie der Kopf zurückgerollt ist und wie die Augen gestarrt haben. Die schönen blauen Augen, so geht es Mizzi durch den Kopf, diese schönen blauen Augen, die nichts mehr sehen. Ob das Lisei schon beim Petrus angeklopft hat und ob der sie in den Himmel gelassen hat, überlegt die Mizzi. Ob das überhaupt so schnell geht, dass man gleich nach dem Tod in den Himmel hineindarf? Dass das Lisei in den Himmel darf, da ist die Mizzi sich sicher. Nie hat das Lisei sich irgendetwas zuschulden kommen lassen. Vielleicht dass sie dem Wiggerl einmal eine geschmiert hat, wie er ihr unter den Rock gefasst hat. Aber das hat dem Wiggerl nichts ausgemacht, weil er dafür in der Pause die Wurst vom Stofferl gekriegt hat. Da hat das Lisei also nicht Unrecht getan, wenn sie so einem eine runterhaut. Wieder sieht die Mizzi das Gesicht der toten Freundin vor sich. Und mit einem Mal ist sie sich ganz sicher, dass das Lisei schon im Himmel sein muss: Auf das Dach fallen die ersten Tropfen, erst sind es wenige, dann beginnt es immer stärker zu regnen. Der Hochwürden hat den Kindern im Religionsunterricht erklärt, dass die Engel weinen, wenn Tropfen vom Himmel fallen. Mittlerweile schüttet es und die Mizzi weiß: Der Himmel trauert um das Lisei, also muss sie schon oben sein beim Herrgott. Aber sie hat doch leben wollen. Als sie vor dem Beißwurm weggelaufen sind, hat das Lisei doch gesagt, dass sie die Sonne sehen, die Vögel singen hören und nicht unter der Erde liegen will. Und dann denkt die Mizzi weiter: Sie weiß, wer das Lisei auf dem Gewissen hat. Sie muss die Schuldigen benennen. Sie muss für Gerechtigkeit sorgen. Das ist sie der Freundin schuldig.

DER GENDARM

Am nächsten Morgen regnet es immer noch. Die Mizzi muss in die Schule, da kennt die Mutter kein Pardon. Wo man denn da hinkäme, wenn jeder nach Belieben den Unterricht schwänzen dürfe, schimpft sie, und dass Arbeit des echten Christenmenschen Pflicht sei. Das versteht die Mizzi. Krank ist sie nicht, auch wenn sie blasser ist als damals vor drei Jahren, als sie Masern hatte und die Tante ihr die Haematin-Makronen von der Maria gekauft hat. „Ein Mittel gegen Blutarmut!", hat man der Mizzi gesagt und sie ist wieder ganz gesund geworden. Aber jetzt steht es ärger um sie, das merkt die Mizzi. Der Onkel steckt ihr für die Pause eine Birne zu, die erste, die er in diesem Sommer geerntet hat und die helfe bestimmt. Und die Tante verspricht, dass es zu Mittag etwas Besonderes geben werde, Kartoffeln mit Mangold und ein bisschen Butter dazu. „Und heute nehmen wir die Erdäpfel für die Gäste, die ohne

Wurmstich!" Dabei legt sie der Mizzi die Hand auf die Schulter. Sie würde gerne lächeln, weil die Tante so lieb zu ihr ist, aber sie schafft es nicht.

In der Schule ist alles anders als sonst. Als die Mizzi und das Hannerl in den Klassenraum kommen, sitzen am Pult bereits der Hochwürden und der Lehrer Blüml. Seit vier Jahren geht die Mizzi schon zur Schule, aber noch nie hat sie beide zusammen in diesem Zimmer gesehen. Fast alle Schüler stehen schon an ihren Plätzen, aber keiner wagt, ein Wort zu sagen. Also gehen die Mädchen in ihre Reihe, der Platz neben Mizzi wird heute frei bleiben. Blumen liegen auf dem Pult, an dem früher das Lisei gesessen ist. Nicht weinen soll sie, hat ihr die Mutter heute Morgen mit auf den Weg gegeben. Es würden schließlich nur kleine Mädchen weinen. Die Mizzi versucht, das Dicke in ihrem Hals hinunterzubekommen. Ihr Schlucken ist das einzige Geräusch im Klassenraum. Dann erhebt sich der Pfarrer und bedeutet den Kindern, sich zu setzen. Er beginnt leise und langsam zu sprechen: „Elisabeths Schlickners Mund spricht nicht mehr, ihre Hände begrüßen uns nicht mehr, ihre Augen schauen uns nicht mehr an, sie kommt nicht mehr durch diese Tür und wird nie mehr an diesem Tisch Platz nehmen, Elisabeth ist nicht mehr unter uns, sie ist bei Gott! Wir trauern um Elisabeth Schlickner. Wir trauern, aber wir verzweifeln nicht, wir klagen nicht an. Wir trauern wie solche, die voller Hoffnung sind. Denn es gibt ein Wiedersehen."

Anschließend betet die Klasse das Vaterunser. Es ist still. Selbst die Buben aus der letzten Reihe erlauben sich keine Frechheit. Dann steht Lehrer Blüml auf und erklärt, dass heute noch ein Gendarm aus der Stadt kommen und der Klasse Fragen stellen werde. Der Vormittag will nicht vergehen. Bis zur großen Pause taucht der Polizist nicht auf. Das

Dicke in Mizzis Hals ist noch immer da, sie kann es nicht hinunterschlucken und auf die gelbe Birne hat sie keinen Appetit. Sie steht im Pausenhof unter dem Vordach neben Karl und Hannerl. Es regnet. Die Kinder schweigen. Karl schiebt einen Tannenzapfen mit den Fußspitzen hin und her. Das Hannerl flüstert schließlich, dass es regne, weil die Engel weinen würden. Das hat sich die Mizzi auch schon gedacht, aber noch nicht ausgesprochen. Sie weiß aber nicht, wann es denn jemals wieder aufhören soll zu regnen. Denn das Lisei kommt ja nicht wieder.

Während die Kinder ruhig darauf warten, dass die Pause zu Ende geht – spielen mag keiner –, schiebt der Gendarm sein Fahrrad den Hang hinauf. Ein großer, hagerer Mann ist er, mit einem Schnauzbart unter der spitzen Nase. Er lehnt das Rad an die Schulwand. Pitschnass ist er. Alle Gespräche im Pausenhof verstummen. Der Gendarm geht hinein. „Das ist er" erklärt Karl. Hannerl und Mizzi nicken. Bis es läutet, will keiner mehr etwas sagen.

Als die Kinder wieder in den Klassenraum treten und an ihren Tischen Platz nehmen, steht der Gendarm schon am Pult, neben ihm der Hochwürden und der Lehrer. Wer denn die Leiche der Lisei entdeckt habe, will der Gendarm wissen. Alle schweigen. Mizzi überlegt, ob sie es war, die als Erste auf das Bündel im Wasser aufmerksam geworden ist, oder doch Liseis Schwester Barbara. Sie weiß es nicht, also schweigt sie. Drückende Stille herrscht im Klassenraum. „Du hast sie doch entdeckt", flüstert das Hannerl. Und schon steht der Gendarm an Mizzis Tisch und schaut sie mit durchdringendem Blick an. „Wenn du etwas gesehen hast, musst du es sagen!", erklärt er streng und der Pfarrer fügt hinzu, dass Wahrheit des Christenmenschen Pflicht sei. Das weiß Mizzi natürlich, aber das Dicke in ihrem Hals, das sie am Sprechen hindert, scheint immer größer zu werden.

Sie schluckt, trotzdem klingt ihre Stimme heiser. „Ich hab sie im Wasser treiben sehen", sagt sie so leise, dass der Polizist sich bücken muss, um sie zu verstehen. „Aber sie ist nicht von allein untergegangen", fügt die Mizzi noch leiser hinzu. Es ist lange still im Klassenzimmer. Man hört nur den Regen auf das Dach trommeln. Endlich durchbricht Lehrer Blüml das Schweigen: Er könne bestätigen, dass Elisabeth Schlickner eine gute Schwimmerin gewesen sei, anders als die meisten anderen Schüler. Warum sie denn nicht versucht habe, die Elisabeth aus dem Wasser zu ziehen, will der Gendarm wissen. Wo die Ache doch an den meisten Stellen nur knietief sei, gerade jetzt im Sommer. Wie es denn sein könne, dass darin ein Mensch ertrinkt, erkundigt er sich. Dass es doch Bürgerpflicht sei, in so einem Fall zu helfen, schreit er und schlägt mit der Rechten auf das Pult. Schon treten der Mizzi Tränen in die Augen. Ob sie jemand unter Wasser gedrückt und bei ihrem Tod nachgeholfen habe, fragt der Polizist. Niemand sagt etwas.

Mizzi laufen dicke Tränen die Wange hinunter. Sie weiß nicht ein noch aus. Zuletzt betont der Gendarm, dass der Arm des Gesetzes lang sei und er bisher noch jeden überführt habe. Dann notiert er Mizzis Namen und Adresse, kündigt seinen Besuch im Gasthaus für den Nachmittag an und verlässt das Klassenzimmer. Der Hochwürden mahnt die Kinder in sich zu gehen und zu überlegen, ob nicht doch jemand den Vorfall gestern beobachtet habe. Er erklärt, dass sich vor den Augen Gottes ohnehin nichts verbergen lasse. Und dann verabschiedet er die Kinder zur Andacht, wie er sagt. An jedem anderen Tag hätte die Klasse gejubelt, wenn man sie drei Stunden früher hätte gehen lassen, doch heute schleichen alle leise aus dem Raum. Am Schulzaun übergibt sich Franz mehrfach. Als die Mizzi an ihm vorbeigeht, wischt er sich die Speichelfäden mit dem Unterarm ab und zischt: „Wenn du was verrätst, ertränke ich deine Katze!" Und dabei verziert er seine Augen zu schmalen Schlitzen.

Mizzi erzählt gleich alles, als sie aus der Schule kommt. Die Mutter und der Onkel sind voller Zorn und schärfen ihr ein, alle Fragen des Gendarmen nur mit einem Schulterzucken zu beantworten. Wieder spürt Mizzi das Dicke in ihrem Hals. Als Gastwirt könne man es sich nicht leisten, irgendjemanden im Dorf anzuschwärzen. So vertreibe man die Kundschaft, schimpft der Onkel. Außerdem mache es das Lisei auch nicht mehr lebendig, wenn die Stelzenbauerin wegen ihrer Söhne mit der Gendarmerie in Konflikt komme, meint die Mutter. Es bleibt kaum Zeit zu reden, da betritt schon der Gendarm die Wirtsstube – auf der Terrasse kann man nicht sitzen, da es immer noch regnet, also hocken Mutter und Onkel sich in der Gaststube mit dem Beamten an einen Tisch und machen sich höflich bekannt. Dass sowas passieren hat können, ruft die Mutter aus und bekreuzigt sich. „Das arme Ding!", klagt der Onkel. Mizzi schweigt und serviert dem Polizisten Himbeertorte und Kaffee und macht einen ordentlichen Knicks, alles wie die Mutter es ihr aufgetragen hat. „Meine Mizzi ist ein anständiges Mädchen", versichert diese, „keine Rumtreiberin – nicht wie das Lisei, aber über Tote will ich nichts Schlechtes sagen." Und dann stellt der Gendarm dieselben Fragen wie am Vormittag. Was sie beobachtet habe und vor allem wen. Aus welcher Entfernung sie den Unfall verfolgt und wer einen Rettungsversuch unternommen habe.

Streng legt die Mutter ihre Augen auf die Tochter. Auch der Onkel funkelt sie an. Mizzi hebt die Schultern und schweigt.

Der Regen schlägt an die Scheiben. Dann ist es eine Weile still. Dass die Kinder aus dem Armenhaus doch recht verwahrlost seien, merkt die Mutter an. Es fehle eben eine strenge Hand. Der Gendarm nickt. Dass ein Mädchen nicht den ganzen Tag allein herumlaufen dürfe, fügt sie hinzu. Da falle Kindern viel Unsinn ein. Und dann berichtet sie von Mizzis Arbeit für Maler Müller und dass sie sich auch mit den Berggymnasten schon ein bisschen etwas verdient habe. Der Gendarm lächelt. Wenn das Mädchen nichts aussagen könne, meint er – und dabei wischt er sich die letzten Sahnereste vom Schnurrbart –, dann habe sich der lange Weg doch immerhin wegen des Himbeerkuchens gelohnt. An einem sonnigen Sonntag werde er sicherlich einmal mit seiner Frau wiederkommen. Der Onkel freut sich, sogar die Mutter kann sich ein Lächeln abringen und der Polizist greift nach seiner Jacke. Was wird denn jetzt aus dem Lisei, platzt es da aus der Mizzi heraus. „Du lieber Gott", meint der Gendarm, „es geht, wie es eben geht." Jetzt steht er schon neben der Tür.

Dass die Wahrheit des Christenmenschen Pflicht sei, hört die Mizzi den Pfarrer sagen, obwohl er gar nicht da ist, aber seine Worte klingen in ihren Ohren. Sie schaut zur Mutter, zum Onkel und zum Polizisten und dann schluckt sie das Dicke in ihrem Hals hinunter. Sie kann nicht anders, sie muss sprechen, weil sie es dem Lisei schuldig ist und dem Hochwürden und dem lieben Gott auch. „Der Franz war's", sagt sie, „und der Stofferl". Die Augen fest auf den Gendarmen gerichtet, denn Mutter und Onkel wagt sie nicht anzusehen, schildert sie, was sie gesehen hat. Schnell muss sie reden, damit der Mut sie nicht verlässt und niemand sie unterbricht. Wie das Lisei als Letzte vom Floß in den Fluss gefallen ist und der Franz das Mädchen so lange unter Wasser gedrückt habe, bis sich nichts mehr gerührt habe. Und sie erzählt, wie das Lisei über die Staustufe getrieben, mit dem Wasser einfach weitergeschwommen sei, dass die Barbara gebrüllt habe wie ein Tier, dass alles Laufen und Schreien nichts mehr genutzt habe. Dass sie gerannt sei wie nie zuvor in ihrem Leben, aber dass sie viel langsamer gewesen sei als die Strömung. Dass sie das Lisei einfach nicht mehr erwischt und aus Verzweiflung laut um Hilfe gerufen habe. Der Schwendner habe das Lisei letztlich aus dem Wasser gezogen – vorne an der Brücke. Die Mutter schüttelt fortwährend den Kopf und reißt das Wort schließlich an sich: „Meine Tochter hat von jeher eine rege Phantasie besessen. Stellen Sie sich vor, Herr Wachtmeister, als Fünfjährige hat sie jeden Tag ein Stück Brot unter unseren Apfelbaum gelegt, weil sie davon überzeugt war, es würde eine Zwergenfamilie darunter hausen. Und dementsprechend", so fährt die Mutter fort, „darf man das Wort meiner Tochter nicht auf die Goldwaage legen. Natürlich ist sie keine Lügnerin, das will ich nicht behaupten. Aber manchmal wird das, was man ihr erzählt, für die Mizzi lebendig. Und ganz nebenbei", jetzt gießt die Mutter nochmals Kaffee in die Tasse des Gendarmen, „den Franz kann meine Tochter aufs Blut nicht ausstehen. Die Kinder sind immer im Streit." Der Onkel versucht währenddessen zu erklären, dass es schlecht fürs Geschäft sei, so ins Gerede zu kommen. „Ich muss um Diskretion bitten", mahnt er. Der Gendarm achtet gar nicht auf ihn, er hakt nach und will genauer wissen, welche Personen beteiligt gewesen seien. Und die Mizzi sagt, dass das Lisei mit ihrer großen Schwester am Fluss gewesen sei und dass die Barbara mit dem Paul aus Pettendorf verlobt sei. Da lacht die Mutter höhnisch auf: „Von einer Verlobung kann gar nicht die Rede sein! Wie käme denn der Paul, der bei der Lokalbahn eine feste Anstellung hat, dazu, sich mit einem jungen Ding aus dem Armenhaus einzulassen. Ich sage Ihnen doch, Herr Wachtmeister, meine Tochter träumt am helllichten Tag!"

Jetzt fasst die Mutter Mizzis Oberarm und zieht sie zu sich zurück. „Hören Sie", fährt sie fort, „wir sind rechtschaffene, unbescholtene Leute, wir wollen nur unsere Ruhe und auch meine Tochter wird hier niemanden zu Unrecht beschuldigen, nicht wahr, Mizzi?" „Nichts für ungut!", beendet der Onkel das Gespräch und drückt dem Polizisten eine Flasche Marillenlikör in die Hand mit den besten Grüßen an die Frau Gemahlin. Aber der Gendarm achtet weder auf die Mutter noch auf den Onkel, er verlangt von Mizzi die vollen Namen der Übeltäter. Übeltäter, so nennt er die Jungen. Mizzi ist erleichtert, dass er ihr glaubt.

„Der Stelzenbauer Franz und sein kleiner Bruder, der Stofferl", sagt die Mizzi entschlossen. „Der Franz hat sie unter Wasser gedrückt, bis sich nichts mehr gerührt hat, und der Stofferl hat gelacht", fügt sie hinzu. Und wieder reden die Mutter und der Onkel durcheinander: Dass die Stelzenbauers eine anständige Familie seien, erklärt der Onkel, dass der Franz und der Stofferl sich Bubenscherze erlauben, man den Burschen aber doch nichts vorwerfen könne, für eine Strafe seien sie sowieso zu jung. Dass die Stelzenbauers viel Tagwerk hätten, meint die Mutter, und fleißige Leute seien, die tagein, tagaus auf dem Feld wirtschaften. „Bist du dir sicher, dass du den Franz und den Stofferl am Fluss gesehen hast?", fragt der Gendarm und schaut der Mizzi streng in die Augen. „Ganz sicher bin ich mir", antwortet sie. „Abgesehen von der Barbara waren der Franz und der Stofferl an Bord!", zur Sicherheit wiederholt sie es noch einmal. Und sofort setzt die Mutter ihr Gezeter fort, dass die Stelzenbauerin drei Kinder geboren habe, dass ihr einer als Säugling gestorben sei und sie dann auch noch ein Fremdes angenommen und aufgezogen habe und dass man dieser Frau all den Gram doch bitte ersparen solle. Dass der alte Stelzenbauer das Dach der Burgkirche gestiftet habe, erklärt der Onkel noch. Der Gendarm schaut bei allem, was gesprochen wird, nur die Mizzi an, dann nickt er und macht sich davon. Den Marillenlikör nimmt er mit. Mizzi schaut, wie er sein Rad durch den Regen den Berg hinunterschiebt. Sie weiß, dass Onkel und Mutter gleich mit ihr schimpfen werden. Und so kommt es auch, doch es ist auszuhalten. Denn der Tadel ist besser als das Dicke im Hals. Das ist sie nämlich los.

Die Tage vergehen. Es passiert nichts, außer dass die Mizzi ihre Katze in die Dachkammer sperrt, damit der Franz ihr nichts anhaben kann. Und es regnet weiter.

DER HOCHWÜRDEN

Das Dicke im Hals ist wirklich verschwunden, dem Himmel sei Dank, nicht aber die Träume in der Nacht: Wenn sie die Augen schließt, hört sie das Lachen der Buben, dann das Flussrauschen und am Ende fällt Liseis Kopf zur Seite und ihr Blick sieht Mizzi starr und leblos an. Und als die Mizzi einmal mitten in der Nacht aufgewacht ist, das Stroh in ihrem Bett nass von ihrem Urin, hat die Mutter nicht zugeschlagen, sondern die Tochter nur am Arm festgehalten und geraten, zur Beichte zu gehen, dann würde es besser gehen. „Dass du die Stelzenbauerin mit deinen Anschuldigungen so ins Unglück gebracht hast, das zehrt an dir!", erklärt die Mutter.

Doch dann ist die nächste Religionsstunde gekommen. Der Hochwürden hat gebetet und die Kinder haben nachgebetet.

Ein Vaterunser und drei Gegrüßet-seist-du-Maria. „Aufgemerkt!", sagt der Pfarrer dann und beginnt von der Sünde zu sprechen, von der Erbsünde, der Vergeltung und der Erlösung, dass dafür aber Einsicht und Reue nötig seien. Wer seine Schandtaten nicht bereue, der brauche sich keine Hoffnung auf Aufnahme bei Gott zu machen, der müsse in der Hölle darben. „Und das zu Recht!", schreit er und schlägt mit der Rechten aufs Pult. Nichts ist zu hören außer dem Regen, der an die Scheiben hämmert. Alle verstehen, dass es einen Grund geben muss, warum heute dieses Thema dran ist. „Es sitzt ein Lügner unter euch, es sitzt der ewige Judas unter euch!", sagt der Hochwürden laut und sieht allen Schülern der Reihe nach in die Augen. Der Franz in der letzten Reihe muss schon wieder würgen, aber dann wandert der Blick des Pfarrers weiter zur Mizzi und verharrt dort. Plötzlich ist das Dicke in Mizzis Hals wieder da. „Die Lüge ist die ärgste Sünde, denn sie nagt zu jeder Stunde. Sie quält bei Tag und weckt bei Nacht. Maria heißest du wie die Muttergottes. Mach der Jungfrau keine Schande und gestehe!" Mizzi deutet ein leichtes Schulterzucken an. Sie weiß auch nicht, worauf der Hochwürden hinauswill. Sie hat getan, was er von ihr verlangt hat, und seine eiserne Regel befolgt, dass Wahrheit des Christenmenschen Pflicht sei. „Wir haben einen Brief aus München bekommen, einen Kriminalbericht. Wisst ihr, was das ist, Kinder? Der Körper der Lisei – Gott hab sie selig – wurde untersucht und man hat festgestellt, dass sie an Genickbruch gestorben ist. Ertrunken ist sie nicht. Und nun frage ich dich, Maria, wie du dich zu der falschen Aussage hast hinreißen lassen."

Nach einer Sekunde der absoluten Stille plärren mit einem Mal alle durcheinander. Begriffe wie Ersaufen, Lüge und Gefängnis hallen durch den Raum, bis der Pfarrer zur Ruhe mahnt. „Geh nach Hause, Maria." Die Mizzi schaut zum Hannerl, aber die schlägt ängstlich die Augen nieder. Mizzi nimmt ihren Ranzen und geht aus dem Zimmer, die Blicke der Mitschüler im Rücken. Nie hat sie kummervoller den Klassenraum verlassen.

Als die Mizzi in die Gaststube tritt, fragt keiner, warum sie so früh schon von der Schule kommt. Der Onkel ist froh, dass sie da ist. Das Wirtshaus ist voller Leute und Mizzi soll die Getränke servieren. Es tut gut, nicht nachdenken und nichts erklären zu müssen. Erst am Abend geht der Mizzi wieder alles durch den Kopf: Sie denkt an das Märchen vom Wolf und den sieben Geißlein und wie der Wolf ertrinkt, weil die Ziegenmutter ihm Steine in den Bauch eingenäht hat. Und dann denkt sie ans Lisei und ob in ihrem Bauch auch Steine waren, sodass sie untergegangen ist. Sie versucht sich alles nochmals vorzustellen, wie es an jenem Sonntag gewesen ist. Immer wieder beginnt die Szene von Neuem, bis sie am Ende selbst nicht mehr weiß, ob der Franz die Freundin wirklich unter Wasser gedrückt hat oder ob sie nicht vom Floß gestürzt und sich dabei verletzt hat. Vielleicht war noch jemand am Fluss, den die Mizzi gar nicht bemerkt hat. Die Mizzi hat sie nur reglos im Wasser treiben sehen. Den kurzen Augenblick davor hat sie nicht mitbekommen, weil sie den letzten Bleistift gesucht hat. Ihr fehlt ein Stück, ein kleiner Moment der Vergangenheit und so sehr sie sich auch bemüht, sie kann sich nicht erinnern.

Tags darauf erscheint der Hochwürden noch vor Schulbeginn im Gasthaus und verlangt, mit Mutter und Onkel zu sprechen. Natürlich bekommt er seinen Kaffee und seine Himbeertorte, doch beides scheint ihn nicht zu besänftigen. Es stehe schlecht um das Mädchen, meint er. Dann erklärt er der Familie, dass Mizzis Aussage gelogen sein müsse. „Es steht zu befürchten", sagt er mit salbungsvoller Stimme, „dass das Kind dazu neigt, Lügen zu verbreiten. Nun ja, es ist kein Vater mehr im Haus, der das Mädchen mit strenger Hand erziehen und züchtigen könnte, wo nötig!" Eine Mutter sei zu nachlässig, zu gutmütig, das liege im weibischen Naturell, fährt er fort. Es fehle eine harte Hand und daher schlage er vor, die Mizzi der Fürsorge der Barmherzigen Schwestern anzuvertrauen. Die Mutter scheint dem Gedanken nicht abgeneigt. Das Klosterleben werde der Tochter sicherlich den rechten Weg weisen.

Die Mizzi hat sich hinter dem Ausschank versteckt. Tränen treten in ihre Augen. Sie soll nicht hierbleiben dürfen? Jetzt, da sie die Freundin verloren hat, soll sie auch noch ohne die Familie leben müssen? Da hört sie den Onkel mit der Hand auf den Tisch schlagen. Er ist zornig, das merkt die Mizzi sofort: „Nein, nein und nochmal nein!", ruft er. Dass sie gelogen habe, sei eine Sache. „Aber ich brauche das Kind in der Wirtschaft, wo mir der Bub doch weggestorben ist!" „Ach ja, der Junge", seufzt der Pfarrer und scheint sich jetzt erst an den Tod des kleinen Schorsch zu erinnern. „Nichts für ungut", murmelt der Hochwürden, „dann bleibt es beim Alten." Man müsse aber ein Auge auf das Kind haben, rät er. Ihre Lügen müssten ein Ende haben. Und damit erhebt er sich von seinem Stuhl. Den Teller mit der Himbeertorte nimmt er mit, den Kaffee lässt er stehen. Die Mizzi folgt ihm vor die Tür und schaut dem Geistlichen nach. Wenn sie die Augen zumacht, sieht sie immer noch Liseis Gesicht, manchmal wie sie lacht, manchmal wie sie um Luft schnappt, dann wie ihr Körper auf dem Wasser treibt. Vielleicht hat sie nicht die Wahrheit gesagt, aber gelogen hat sie nicht. Sie hat erzählt, was sie gesehen hat. Aber jetzt ist die Erinnerung verblasst und eine böse Absicht hat ganz bestimmt nicht hinter ihrer Aussage gesteckt.

DER BULLENOHR

Eine Woche nach der Beisetzung vom Lisei verkündet der Hochwürden, dass der Herr in kleinen Wundern zu uns spreche. Kaum habe man Elisabeth beerdigt, schon komme ein neuer Dorfbewohner hinzu, über den sich der Pfarrer sehr freue. Die Holzknechte hätten den Köhler Toni auf einer Lichtung gefunden und mit ins Dorf gebracht. Der Junge habe eine alte Verletzung, wegen der er einen krummen Gang habe, außerdem sei er halb verhungert, aber die Vorsehung des Herrn habe ihn vor dem Tod bewahrt. Im Armenhaus dürfe er in die Kammer vom Lisei und der Barbara ziehen, beide seien ja fort. Gott allein wisse, wohin die Barbara verschwunden sei. Dann holt der Pfarrer den Buben ins Klassenzimmer. Er soll sich neben die Mizzi setzen, wo der letzte freie Platz ist, nämlich der, den das Lisei hinterlassen hat. In der Reihe hocken zwar nur Mädchen, aber dem Toni scheint das gleich zu sein. Der Bub setzt sich, wie ihm geheißen, und gibt der Mizzi die Hand: „Ich bin der Bullenohr." Die Mizzi nickt, schaut verwundert auf sein Ohr und starrt dann zum Hochwürden, ohne den Kopf noch einmal zu wenden.

In der Pause traut sich die Mizzi endlich nachfragen, was der Name bedeuten soll und woher der Toni eigentlich kommt. Und schnell sammeln sich die Kinder jeden Alters um den Neuen und lauschen seiner Geschichte: Dass ihn in seinem Dorf alle den Bullenohr genannt hätten, er aber nicht mehr sagen könne, wie er zu dem Spitznamen gekommen sei. Dass er, der Sohn eines Köhlers, von seinem Vater zeitlebens verdroschen worden sei, ohne zu wissen warum. Und dass der Vater einmal im Zorn ein Holzscheit gegen ihn geworfen habe. Dass er sich zwar noch wegdrehen habe können, sein Rücken aber für alle Zeit kaputt sei. Dass er monatelang im Bett gelegen sei, ohne sich bewegen zu können, dass der Vater keinen Arzt bezahlen habe können und dass er fortgelaufen sei, sobald er sich wieder auf den Beinen habe halten können, weil er gedacht habe, dass ihn der Vater beim nächsten Mal wirklich totschlage. „Und dann?", will der Stofferl wissen. „Wo bist du denn hin?", fragt auch der Franz. Und so setzt der Bullenohr seine Erzählung fort. „Seit einem halben Jahr bin ich allein unterwegs, nachts schlafe ich im Wald oder in leeren Schäferhütten und hie und da findet sich auch etwas Essbares." „Warst du denn immer allein?", hakt das Hannerl nach. „Lass ihn doch ausreden!", herrscht der Franz sie an. Dass er auf immer kleineren Pfaden gewandert sei, bis die Felsen größer und furchtbarer geworden seien. Er sagt, dass er über Monate keine menschliche Stimme gehört habe, nur sein eigenes Echo, das von den Felsen zurückgehallt sei. Und dass er sich nach nichts mehr gesehnt habe als nach einem Menschen. Dass er sich an einem Bach zum Trinken niedergelassen und plötzlich ein Geräusch gehört habe, das ihn an ein Husten erinnert habe. „War das eine Hexe, die du im Wald gefunden hast?", erkundigt sich die Regina. „Es gibt keine Hexen, dumme Gans!", grätscht der Franz wieder dazwischen. „Noch nie in meinem Leben habe ich mich über ein Husten so gefreut!" erzählt der Bullenohr weiter. Dass er dann eine schwarz gekleidete Frau entdeckt habe. Dass sie ihn mit in ihre Hütte genommen, ihm Milch und Brot gegeben habe und dass er nach Monaten im kalten Wald wieder in einem Bett geschlafen habe. Alle Kinder hängen an Bullenohrs Lippen.

Sogar der Franz, der Stofferl und der Wiggerl zeigen sich beeindruckt angesichts seiner Erlebnisse. Da kann der Sohn eines Glasers oder eines einfachen Landwirts nichts dagegenhalten. Im Wald waren sie alle, aber dort geschlafen hat noch keiner. Schnell ist klar, dass Bullenohr der neue Anführer wird. Dass er humpelt und schief geht, interessiert niemanden. Ganz im Gegenteil! Alle bewundern ihn und wollen immer mehr von ihm erfahren. Bullenohr kennt die Welt, er hat sie erwandert. Die Pause reicht für seine Erzählungen nicht aus. Nach Schulschluss sammeln sich alle Kinder um den Bullenohr und wollen wissen, wie er in der Einsamkeit der Waldhütte gelebt hat. Er erzählt, dass die Frau bei Tage im Holz verschwunden sei, um am Abend mit Kräutern und einem erlegten Hasen zurückzukommen, manchmal auch mit einer Forelle. Sie habe auch einen Hund und einen roten Vogel im Käfig besessen, der zauberhaft singen konnte. Sie habe ihn schreiben, lesen und kochen gelehrt. Einmal habe sie einen Hasen ausgenommen, mit Bärlauch sowie Salz eingerieben und dann über dem offenen Feuer gebraten. Nie in seinem Leben habe das Essen besser geschmeckt als in der Waldhütte. Und wenn sie sich zum Abendbrot an den kleinen Holztisch gesetzt hätten, dann habe die Frau ihn angewiesen, vom rechten Weg nicht abzuweichen. Die Strafe folge immer, wenn auch spät, so habe sie zu ihm gesagt. Warum er denn fortgegangen sei, wollen die Mitschüler wissen. Ob er denn in der Waldeinsamkeit nicht zufrieden gewesen sei, fragen sie.

Und so berichtet der Bullenohr, dass die schwarze Frau schließlich zu ihm gesagt habe, dass sie für längere Zeit fortbleiben müsse und er ohne sie in der Hütte leben solle. Und eines Morgens sei er dann allein aufgewacht – der Sonnenschein habe sich über die Felder gebreitet, die Birken hätten gefunkelten – und da habe er sich gedacht, dass er in die Welt aufbrechen müsse. Den Hund habe er an den Stuhl gebunden, den Käfig mit dem Vogel aber mitgenommen und so sei er einfach weitergezogen. Mit diesen Worten geht Bullenohr zum Schultor. Die Mitschüler folgen ihm. Das Hannerl will wissen, warum er den Hund dagelassen habe. Einen treuen Begleiter habe er doch sicher nötig gehabt. Der Stofferl fragt, wieso der Bullenohr stattdessen den Käfig mit dem Vogel getragen habe. Es sei doch umständlich, in einer Hand immer das Federvieh zu tragen. Der Wiggerl meint, dass es dumm sei, ein gemachtes Nest zu verlassen, vor allem wenn das Essen schmecke. Und der Karl erkundigt sich, ob er zu seinem Vater zurückkehren habe wollen. Wenn er die Möglichkeit dazu hätte, würde er sofort nach seinen Eltern suchen. Da sagt der Bullenohr ganz leise: „Ich bin noch einmal zur Köhlerei zurück. Aber es sind andere Leute um unseren Tisch gesessen. Der Vater muss tot sein." Damit geht der Bullenohr. Die Mitschüler laufen ihm hinterher – auch die Mizzi, zu gerne hätte sie noch gewusst, ob er denn keine anderen Verwandten mehr hat, vielleicht einen Onkel wie sie oder eine Großmutter. So ganz allein in der Welt ist ja nicht einmal das Lisei gewesen. Aber der Bullenohr ist schon den Prügelweg hinunter.

Natürlich erzählt die Mizzi zu Hause von den Abenteuern des neuen Schülers. Und es klingt fast, als ob sie das alles selbst erlebt hätte, so deutlich steht die Waldhütte mit dem roten Vogel und dem Hund darin vor ihr. Aber die Mutter und der Onkel schütteln nur den Kopf und warnen, dass die Mizzi sich nicht mit so einem abgeben soll. „Der Herrgott weiß schon, wen er straft", meint die Mutter und drückt der Tochter ein Tablett mit Limonaden in die Hand. Die Mizzi nimmt sich vor, den Bullenohr am Sonntag abzufangen und ihn auszufragen.

Nach dem Kirchgang hängen wieder alle Kinder an Bullenohrs Mund. Heute erzählt er von dem roten Vogel. Seine Federn hätten in allen möglichen Farben geglänzt, sodass er am Hals bald hellblau, bald rot geschillert habe. Immer wenn er sein Lied gepfiffen habe, habe er sich vor Stolz aufgebläht. Nie habe der Bullenohr solche Klänge von einem Tier gehört. Und beim Hinuntersteigen von der Kirche ins Dorf sagt er noch, dass der Vogel kein einziges Mal mehr gesungen habe, seit er den Wald verlassen habe. Und wieder gehen alle Stimmen durcheinander. Nie haben die Kinder jemanden getroffen, der so viel erlebt hat. Voller Anerkennung klopfen ihm die Buben auf die Schulter, die Mädchen lächeln ihn an. Zu spät kommt die Mizzi im Gasthaus an, die Mutter schimpft, dass die Terrasse voll sei und die Tochter sich irgendwo herumgedrückt habe. Und der Onkel meint, dass die Mizzi nicht immer mit den Kindern aus dem Armenhaus herumtun solle, weil das doch kein Umgang sei. Ob es ihr ergehen wolle wie dem Lisei. Man sehe ja, wohin das führe, wenn Kinder keine Aufsicht hätten. Und obwohl die Mizzi die Verbote nicht versteht, nimmt sie sich vor, artig zu sein, damit sie die Mutter und den Onkel nicht enttäuscht. Aber zuhören wird sie ja wohl dürfen, wenn der Bullenohr die Fragen der Mitschüler beantwortet! Zuhören wird doch erlaubt sein!

Der Franz lässt den humpelnden Jungen eine ganze Woche lang in jeder Pause von seiner Wurst abbeißen. Der Bullenohr hat versprochen, ihm dafür den Weg zur Waldhütte zu zeigen. Aber dazu kommt es nicht mehr. Nur wenige Wochen, nachdem der Bullenohr in Marquartstein aufgetaucht ist, liest Lehrer Blüml den Schülern eine Geschichte aus einem großen grünen Buch vor.

Die Kinder sitzen brav in den Reihen. Es kommt nicht oft vor, dass ihnen etwas vorgelesen wird. Sonst müssen die Schüler lesen, was sehr langweilig ist, weil die meisten für eine Zeile so lange brauchen wie der Lehrer für eine ganze Seite.

Alle freuen sich. Die Kinder legen die Hände auf das Pult, den Rücken gerade, und lauschen aufmerksam jedem Wort. Vom Katheter hören sie Bertas Geschichte, die aus ihrem Elternhaus in den Wald flieht: „Kinder, ich lese euch ein Märchen von Ludwig Tieck vor! Hergehört: Ich näherte mich der alten Frau und bat um ihre Hülfe; sie sagte mir, ich möchte ihr folgen. Die wilden Felsen traten immer weiter hinter uns zurück, wir gingen über eine angenehme Wiese, und dann durch einen ziemlich langen Wald. Als wir heraustraten, ging die Sonne gerade unter, und ich werde den Anblick und die Empfindung dieses Abends nie vergessen. Der reine Himmel sah aus wie ein aufgeschlossenes Paradies. Wir stiegen nun einen Hügel hinan und unten mitten in den Bäumen lag eine kleine Hütte. Ein munteres Bellen kam uns entgegen und bald sprang ein kleiner Hund die Alte an. Als wir vom Hügel heruntergingen, hörte ich den wunderbaren Gesang eines roten Vogels." Das Läuten unterbricht den Vortrag des Lehrers. Der schlägt das Buch zu, wünscht den Kindern einen schönen Sonntag und verlässt den Klassenraum. Der Bullenohr versucht sich ebenfalls durch die Tür zu schieben, doch der Franz, der Stofferl und der Wiggerl hindern ihn daran. Alle wollen von ihm wissen, was er sich dabei gedacht hat, ihnen ein Märchen aufzutischen und so zu tun, als ob das seine Lebensgeschichte sei. Ob er sich nicht schäme, so zu lügen, fragt das Hannerl kopfschüttelnd. Und schon fangen die Buben an, mit Fäusten auf den Bullenohr einzuschlagen. Der duckt sich, schlüpft zwischen ihnen hindurch und rennt über den Pausenhof davon. Der Karl wirft ihm Steine hinterher, von denen einer den Bullenohr am Rücken trifft. Da meint der Franz, dass der Bullenohr ja sowieso schon humpelt und dass es um einen verlogenen Krüppel sowieso nicht schade wäre.

Die Kinder bleiben am Tor stehen und rufen dem Betrüger böse Verwünschungen hinterher. „Lügner!", schreien sie wild durcheinander. „Dass du dich nicht schämst!", plärrt der Franz. Natürlich erzählt die Mizzi zu Hause vom Geschehen in der Schule. Die Mutter nickt wissend mit dem Kopf. Dass ein Kind so lange allein im Wald gelebt habe, sei ihr doch gleich sonderbar vorgekommen. Und der Onkel sagt, dass im Armenhaus noch nie nicht etwas Gescheites gewohnt habe.

Am Montag ist der Platz neben der Mizzi wieder leer. Der Bullenohr kommt nicht wieder. Alle sind sich einig, dass er sie übers Ohr gehauen hat. Nur der alte Minzer, der am Wuhrbichel direkt neben dem Armenhaus wohnt, erzählt später, dass sie im Zimmer des Jungen einen Vogelkäfig gefunden hätten.

DAS SAUTROGRENNEN

Mizzi hält den Sack mit den Stoffresten in der einen Hand, in der anderen die Staffelei, während sie darauf wartet, dass Professor Müller ihr Anweisungen gibt, was damit zu geschehen habe. Doch der scheint sie bereits vergessen zu haben; er sitzt an seinem angestammten Platz im Gasthaus zur Post, mischt die Karten und hebt sein Glas auf seinen Freund Strauss, der morgen abreisen will. Dazu fragt der Maler schelmisch, was ihm denn an Berlin so gut gefalle, dass er sogar seine Frau allein zurücklasse. Die Männer lachen. „In Berlin schätze ich den Kontrast zwischen der Hektik der Innenstadt und dem beschaulichen Grunewald. Mit der Straßenbahn ist man freilich schnell in der Natur, wo man existieren kann, rein und bequem", erklärt der Hofkapellmeister Strauss. In München dagegen habe er den Eindruck zu ersticken, wenn man es nicht vorziehe, als Mistkäfer zu vegetieren. Maler Müller wirft ein, dass die Frau Gemahlin da sicherlich anderer Ansicht sei, aber der Komponist hält dagegen, dass der Urlaub im Haus der Schwiegereltern für ihn nun vorüber sei, Pauline mit Franz aber noch ein paar Wochen bleiben wolle. „So hübsch dieser bayerische Dickschädel auch ist, er fragt leider weder nach mir noch nach meiner Musik", grummelt Strauss und erhebt seinen Krug auf die Frauen. Er hätte gerne noch mit dem Herrn Generalmajor gekegelt, jetzt wo die Bahn im Postwirt endlich fertig ist, aber Verpflichtungen ließen sich nicht aufschieben. Jetzt erst scheint sich Professor Müller zu erinnern, dass die Mizzi am Tisch steht und wartet. Er schiebt ihr ein Kuvert zu und beauftragt sie, es dem Fräulein Wischin zu überbringen und dann die Staffelei und alles Weitere nach Staudach zu tragen. Ein Kartenspieler stößt den Künstler am Ellenbogen und will wissen, ob seine Tage als Hagestolz nun gezählt seien. Der Hofkapellmeister meint dazu: „Die Heirat ist das ernsteste Ereignis im Leben eines Mannes!" Er spreche immerhin aus Erfahrung. Die Männer stoßen die Krüge aneinander und die Mizzi macht, was ihr geheißen.

Das Fräulein Wischin freut sich sichtlich über den Brief, den die Mizzi ihr aushändigt. Sie hält das Papier fest an ihre Brust gedrückt und lächelt. Ob sie der Mizzi eine Limonade anbieten dürfen, fragt das Fräulein. Aber Mizzi verneint. Da der Abend schon hereinbricht, muss sie heim. Und außerdem würde sie sich auch gar nicht trauen, die Einladung zur Limonade von einem so schönen Fräulein anzunehmen. Mizzi knickst höflich, rennt los, läuft die Ache abwärts, legt die Staffelei vor der Tür des Malers ab und hastet ebenso schnell nach Hause. Der Drud will sie nicht begegnen, so ganz allein. Und auch vor der Unleidl muss man sich in diesen Tagen in Acht nehmen. Die Huberin hat gesagt, dass die Ache so viel Wasser führt, dass man damit rechnen müsse, dass die Unleidl vom Chiemsee heraufschwimme. Sie habe schon Boote umgestoßen und die Fischer auf den Seeboden gezogen. Wer weiß, ob sie nicht auch das Lisei gepackt, ertränkt und tot wieder losgelassen hat? Um sich in Sicherheit zu bringen, hilft nur eines: Man darf weder der Drud noch der Unleidl bei Finsternis begegnen. Und tatsächlich schafft es die Mizzi, noch vor der Dunkelheit am Gasthaus anzukommen. Wieder beginnt es zu regnen und der Onkel beschwert sich über die Steinfliegen. Die mögen die heißen Tage, wenn es immer wieder regnet. Das Ungeziefer macht ihm das ganze Geschäft kaputt, weil kein Mensch auf der Terrasse Kaffee trinkt, wenn man dabei gestochen wird.

Die Mizzi überlegt: Seit das Lisei gegangen ist, sind jeden Tag Tropfen vom Himmel gefallen. Das Dorf ist wie gottverlassen. Die Sonne steckt hinter Schwaden, im Tal fließt ein Wildwasser. Alle rechnen mit der Rückkehr der Unleidl. Der Stelzenbauer vermisst zwei Säue. Er meint, dass sie zu nah ans Wasser gekommen seien. Dem Minzer sind alle Schafe ertrunken. Und der Onkel warnt vor den Rossmücken. Am Abend betet die Mutter, dass der Petrus doch ein Einsehen haben möge. Sie liest der Mizzi vor dem Schlafengehen aus dem Markusevangelium vor: „Und Jesus sprach zum Meer: Schweig und verstumme! Und der Wind legte sich und es entstand eine große Stille. Und er sprach zu den Jüngern: Was seid ihr so furchtsam. Habt ihr noch keinen Glauben?" Man müsse auf Gott vertrauen, sagt die Mutter, der würde die Wolken vertreiben. Das glaube sie nicht nur, das wisse sie sicher. Dann macht sie der Mizzi ein Kreuz auf die Stirn und geht in die Wirtschaft hinunter. Die Nacht vergeht. Aber es regnet weiter. Die Ache steigt, die Mücken kommen. Die Unleidl holt tags darauf alle Hennen beim Sägewerk. So geht der Sommer zu Ende.

Der Franz sagt, dass man die Feste feiern müsse, wie sie fallen, notfalls auch das schlechte Wetter. Alle Kinder sollen sich bei der Mutter-Anna-Kapelle treffen. Als die Mizzi dazukommt, stehen die meisten schon knietief im Wasser, das bis wenige Zentimeter zum Eingang des Gotteshauses reicht. Der alte Bauer vom Wolfengütl steht mit einem Netz auf der Dorfstraße und holt sich einen Fisch nach dem anderen aus dem Wasser heraus. Ob das jetzt jeder dürfe, will der Franz wissen. Da schimpft der Bauer, dass der Rotzbub sich unterstehen solle, zu fischen. Er, der Reiterbauer, habe ein Fischrecht auf fünfzig Tiere und so einfach wie heute würden die ihm nie wieder ins Netz gehen. Er muss es nur da hinhalten, wo früher die Dorfstraße war, und wenn er es aus dem trüben Wasser zieht, zappelt mindestens ein Fisch darin. Die Buben schauen ihm zu und applaudieren, wenn eine Forelle dabei ist. Die Mädchen drehen sich weg, wenn der Reiterbauer die Fische totschlägt.

Nach einer Weile werden die Kinder ungeduldig und wollen vom Franz wissen, was er sich eigentlich ausgedacht hat. Der hält sich den Zeigefinger vor den Mund und bedeutet ihnen, ihm zu folgen. Er macht ein großes Geheimnis aus seinem Einfall, aber das ist auch das Spannende daran. Die Kinder waten im Wasser, wo einmal die Dorfstraße war. Nur eine Häuserreihe trennt sie vom reißenden Fluss. Franz führt sie zur Rückseite der Gränzmühle, wo die Sagschneider geschnittenes Holz lagern. „Wir machen ein Rennen!", ruft da der Franz und alle applaudieren. „Jeder nimmt sich ein Brett, setzt sich darauf und wir segeln die Dorfstraße hinunter. Wer als erster bei der Brücke ist, hat gewonnen!" Karl, Wiggerl, Stofferl,

Xaver und Seppe finden die Idee ganz hervorragend und suchen sofort den Bretterstapel nach einem tragfähigen Boot ab. Auch das Sopherl und die Maria wollen unbedingt mittun. Nur das Hannerl schüttelt den Kopf: „Wenn mir der Baltasar ins Wasser fällt, schlägt mich die Mutter tot." Die Mizzi nickt: „Wir sind die Zuschauer und klatschen!". „Ohne Publikum geht es sowieso nicht", sagt das Hannerl. Und während die Kinder sich noch immer um die besten Bretter streiten, schiebt der Franz mit einem Mal einen Sautrog um die Ecke. „Das ist mein Boot!", verkündet er stolz. Alle sind beeindruckt. Selbst als der Franz sich hineinsetzt, bleibt der Trog völlig trocken.

Franz macht eine famose Figur in seinem Gefährt. „Ich will auch einen Sautrog!", schreit sein kleiner Bruder Stofferl und der Franz sagt, dass noch einer hinterm Haus aufgebockt stehe und dass der Karl dem Kleinen helfen solle. „Hab ich nichts Besseres zu tun?", kontert der Karl. Doch der Franz duldet heute überhaupt keinen Widerspruch. Er hebt den Prügel, den er zum Lenken bereithält, und schlägt dem Karl damit auf den Rücken, dass es kracht. „Wenn der Bauer spricht, gehorcht der Knecht!", brüllt er und tatsächlich watet der Karl auf die andere Seite des Sägewerks und kommt kurze Zeit später mit dem besagten Sautrog zurück. Noch bevor alle Kinder auf ihren Brettern sitzen, gibt der Franz das Kommando und das Rennen beginnt. Mit dem Stock stößt er sich von der Wand der Mühle ab und nimmt schnell Fahrt auf. Der Stofferl macht es ihm nach. Die zwei Brüder erwischen auch gleich eine günstige Strömung und treiben als Erste die Dorfstraße hinunter. Der Wiggerl, das Sopherl und der Seppe haben sich bauchlängs auf die Bretter gelegt und paddeln mit den Armen. Der Xaver hängt eine Zeit lang in einem Strudel fest und dreht sich immer nur, ohne voranzukommen, aber dann endlich schiebt er sich heraus und kommt den anderen hinterher. Die Maria treibt nur ein paar Meter weit, dann kippt ihr Brett um und schwimmt ohne sie weiter. Der Karl hilft ihr auf, dabei verliert auch er sein Brett. Lachend laufen die beiden den anderen hinterher, das Wasser spritzt um ihre Waden. Als die Boote an der Sestervilla vorbeidriften, verlässt den Franz das Glück. Der vordere Teil seines Trogs verfängt sich in den Brombeerbüschen, die zwischen den Felsen wachsen, und er bleibt hängen. Alle ziehen an ihm vorbei: erst sein kleiner Bruder Stofferl, dann das Sopherl, der Wiggerl und der Seppe auf ihren Brettern. Mitten zwischen den umhertreibenden Holzbrettern waten die Mizzi und das Hannerl. Natürlich feuern sie das Sopherl an, das mittlerweile das einzige Mädchen im Rennen ist. Schnell sind alle bis auf die Knochen nass. Aber ein Spaß ist es allemal. Durch das Geschrei aufgeschreckt, schauen die Erwachsenen aus den Fenstern. Der Aibinger schimpft, ob ihnen denn immer nur Blödsinn einfalle, und die Kösterin schlägt die Hände über dem Kopf zusammen und ruft: „Das schöne Holz!" Der Stofferl verteidigt eifrig seinen ersten Platz, dicht gefolgt vom Seppe, vom Wiggerl und vom Sopherl.

Alle plärren durcheinander, es ist ein großes Vergnügen. An der Mutter-Anna-Kapelle, wo der Reiterbauer vorhin die Fische herausgezogen hat, verkeilen sich die Bretter vom Sopherl, vom Wiggerl und vom Seppe, sodass sie an den Treppen zum Kirchlein hängen bleiben. Dem Stofferl wollen sie den Sieg aber auch nicht gönnen und so halten die drei seinen Sautrog am Heck fest. Der Stofferl will sich wehren, fällt aber ins Wasser und der Trog schwimmt ohne ihn weiter. Der Bub beginnt zu weinen. Und schon geraten die Kinder in Streit.

Die Mizzi und das Hannerl wollen ein bisschen Vorsprung haben, um alles genau beobachten zu können. Sie nehmen den kleinen Baltasar an der Hand und laufen bis zur Brücke weiter. Von da können sie den Zieleinlauf gut beobachten. Und da kommt es, dass sie in der Strömung den Franz sehen. Irgendwo muss es ihn von der Dorfstraße ins Flussbett getrieben haben. Weiß der Teufel, wie das zugegangen ist. Und nun treibt er mitten im Fluss zwischen Baumstämmen und Wurzelwerk.

„Hilfe!", schreit der Franz. „Helft's mir!" Von den anderen Kindern ist noch keines da. „Deinen Stock", schreit das Hannerl, als der Franz auf die Brücke zugetrieben wird. Und schon saust er unter ihnen durch. Doch tatsächlich hebt der Franz den Stecken, den er vorher als Ruder benutzt hat. Das Hannerl ist geschickt, sie bekommt ihn zu fassen. „Lang hin!", ruft sie der Mizzi zu. Auch die Freundin umklammert nun den Stock. Nur mit Mühe können die Mädchen den Franz halten, so sehr zerrt das Wasser an ihm. Zu zweit können sie verhindern, dass er abgetrieben wird, aber um ihn herauszuziehen, fehlt ihnen die Kraft. Da hängt der Franz also in der Strömung und hat eine Schweineangst, das sieht die Mizzi in seinem Gesicht. Das ist das Letzte, was das Lisei gesehen hat in dieser Welt, schießt es ihr durch den Kopf, das fette Bauerngesicht vom Franz. Der hält die Mädchen mit den Augen fest, weil er nicht weiß, wer ihm sonst helfen könnte. Manchmal schaut er zur Mizzi, manchmal zum Hannerl. „Sollen wir ihn loslassen?" sagt die Mizzi zum Hannerl. Sie schreit es fast, weil das Getöse der Ache so laut ist. Trotzdem scheint das Hannerl sie gar nicht zu hören. „Lauf Baltasar, hol Hilfe!", ruft die ihrem Bruder zu. Und der macht, was sie ihm aufgetragen hat. „Du kannst doch nicht den Schwachsinnigen schicken!", brüllt der Franz. Offenbar hat er Angst, dass der Baltasar auf dem Weg vergisst, was man ihm gesagt hat. Aber manchmal kann man ihn doch für etwas brauchen. Denn kurz darauf steht der Hutmacher vom Metzgergütl da und der Bichler ist mit dem Postwirt dazugekommen. Sie ziehen den Franz am Stock zu sich heran und der Wirt hebt ihn übers Geländer. Der Sautrog ist dahin, er schießt mit dem Wasser den Fluss hinunter und wird kurz darauf von den Wellen begraben.

Schnell kommen auch von der anderen Dorfseite die Leute gelaufen und wollen mit eigenen Augen sehen, dass der Franz mit dem Leben davongekommen ist. Auch seine Mutter ist dabei, schreiend und außer sich. Sie drückt den nassen Buben an sich und fragt, wer auf diese vermaledeite Idee gekommen sei, im Hochwasser ein Rennen zu fahren. „Der Karl", behauptet der Franz und schaut ihr dabei fest in die Augen. Auf dem Heimweg will das Hannerl wissen, ob die Mizzi den Stock wirklich hat loslassen wollen. Die Mizzi zuckt mit den Schultern. Wenn es einer verdient hätte, in der Ache zu ersaufen, dann der Franz. Aber vielleicht nicht einmal er. „Versündigt hättest du dich an so einem", meint das Hannerl und macht eine abfällige Bewegung mit dem Kinn. „Bestimmt wird's uns der Herrgott danken, dass wir ihn herausgezogen haben."

Am nächsten Tag scheint endlich die Sonne. Die Wetterhex hat ein Einsehen gehabt. Nach Wochen der Finsternis strahlt es von einem unvernebelten Himmel herunter. Am Mittag kommt die Stelzenbauerin ins Gasthaus. Mizzi hat sie gleich entdeckt, wie sie den Prügelweg heraufstolziert ist. Sie setzt sich an den Rand der Terrasse und bittet die Mutter zu sich. Die Mizzi tritt an ihren Tisch, um die Bestellung aufzunehmen, und dabei gibt ihr die Stelzenbauerin eine Tafel Schokolade: „Vergelt's Gott, Mädchen, dass du meinem Buben geholfen hast!", sagt sie und die Mizzi knickst. Die Mutter ist stolz auf ihre Tochter und streicht ihr übers Haar. Noch nie hat die Mizzi eine ganze Tafel Schokolade für sich allein gehabt. Sie grinst über das ganze Gesicht. Als die Mizzi der Stelzenbauerin das zweite Kännchen bringt, hört sie, wie die Bäuerin der Mutter hinter vorgehaltener Hand erzählt, dass die Frau Hofkapellmeister sich scheiden lassen wolle, weil ihr Mann eine Liaison mit einem Fräulein aus der Stadt eingegangen sei. Davon habe die Frau Strauss Wind bekommen, weil sie alle Briefe lese, die für den Komponisten ankommen. Und das sei eine ganze Menge, die der Postmeister täglich ins Landhaus des Generalmajors de Ahna hineintrage. Die Stelzenbauerin habe das selber schon gesehen. In einem der Briefe soll gestanden haben, dass das fremde Fräulein in einer Bar in Berlin auf den Herrn Hofkapellmeister gewartet habe. Die Stelzenbauerin lacht: „So sind die feinen Leute. Sie sitzen in ihren Kaffeehäusern und brechen die Ehe!" Die Mutter fragt, wo man denn hinkomme, wenn die Menschen übereinander herfielen wie das Vieh. Die Frauen nicken. „Dass der Herr Hofkapellmeister aber auch alleine nach Berlin zurückgefahren ist und seine Frau und den Sohn hiergelassen hat. Eine Familie gehört doch zusammen!", empört sich die Mutter. Von der Kösterin will die Stelzenbauerin erfahren haben, dass der Herr Strauss von einer Verwechslung gesprochen habe. Er habe dieser Dame lediglich ein Billett zurücklegen lassen, von Ehebruch keine Spur. „Um keine Ausrede verlegen, die Männer", meint die Stelzenbauerin. Die Mutter nickt und bemerkt erst jetzt, dass die Mizzi immer noch am Tisch steht und das Gespräch belauscht: „Schau, dass du in die Küche kommst, du neugieriges Ding, und bring der Frau Stelzenbauer gefälligst ein zweites Stück Kuchen!", schimpft sie. Verstanden hat die Mizzi sowieso nicht alles, was die Frauen gesprochen haben. Da macht es ihr nicht viel aus, zu gehen.

Hinter dem Ofen probiert die Mizzi eine Ecke von der Schokolade. Nie hat etwas so gut geschmeckt. Aber sie darf nicht lange wegbleiben, damit die Mutter nichts merkt. Als sie die Himbeertorte an den Tisch bringt, haben die Frauen offenbar das Thema gewechselt. „Stellen Sie sich vor", sagt die Stelzenbauerin, „der Bichler hat in der Zeitung gelesen, dass einige Malerinnen in München einen Künstlerinnenverein gegründet haben." Die Mutter wiegt den Kopf hin und her. Da nimmt die Stelzenbauerin erst richtig Fahrt auf: „Eine Damenakademie gibt es mittlerweile auch in München! Im Sommer fährt eine ganze Mädchenklasse nach Seebruck, um Landschaften zu zeichnen. Mein lieber Herr im Himmel! Bestimmt malen die nur Nackige. Sodom und Gomorrha!", dabei bekreuzigt sie sich. Wieder nickt die Mutter und zeigt dann auf ihre Tochter: „Meine Mizzi hat keine solchen Flausen im Kopf, sie ist ein anständiges Mädchen. „Gott vergelt's, dass du meinen Buben aus dem Wasser geholt hast!", wiederholt die Stelzenbauerin und die Mizzi knickst, wie sie es gelernt hat.

Es sind nur wenige Sonnenstunden. Noch am Abend beginnt es wieder zu regnen. Oben auf den Bergen fällt der erste Schnee. Tags darauf werden die Tiere von den Almen ins Tal getrieben, keiner traut sich mehr bis Leonardi zu warten. Ohne Blumenschmuck ziehen die Kühe und Ziegen den Prügelweg hinunter. Die Mizzi schaut von der Haustür aus zu. Nur der Kranzkuh hat man eilig einen Buschen aus Alpenrosen und Zweigen angebracht, mit einem Kreuz aus Silberdisteln in der Mitte, das aber beim Abstieg Schaden genommen hat und kaum noch zu erkennen ist. Die Mizzi erinnert sich, wie im vergangenen Jahr der Almabtrieb und hinterher das Kirchweihfest gefeiert wurden. Stundenlang ist sie mit dem Hannerl und dem Lisei auf der Kirtahutschen gesessen.

111

Wieder legt sich etwas Schweres auf ihre Brust. Auch wenn die Feste sich wiederholen, das Lisei wird nie mehr dabei sein.

Einige Zeit später wird im Gasthaus mit einem Mal wieder von Liseis Schwester, der Barbara, gesprochen: Am Stammtisch schreit der Bichler: „Hergehört, Herrschaften, was ich erfahren habe. Es ist nämlich vom Tirolerischen ein Schmuser herübergekommen, der für die Weidachertochter einen Hochzeiter sucht. Und von dem habe ich Neuigkeiten! Ich sage euch!" „Raus mit der Sprache!", schimpft der Gürtner. „Fragt mich der Schmuser doch, ob man hier schon wisse, dass die Barbara verstorben sei." Jetzt gehen die Stimmen durcheinander. Wilde Gerüchte machen die Runde. Jeder hat eine Vermutung. So eine Neuigkeit, von der noch niemand im Dorf etwas weiß, ist fast wie ein Zwölfender vor der Flinte. Der Bichler grinst und erzählt dann haarklein alles und vielleicht noch das ein oder andere: „Hergehört, wer wissen will, was aus der Barbara vom Armenhaus geworden ist!" Damit hat er natürlich alle Aufmerksamkeit: „Vom Schmuser weiß ich, dass bei Kitzbiche eine alte Kräuterfrau ihre Dienste anbietet. Wenn eine Frau ein Kind erwartet, es aber nicht haben will, ist das die richtige Adresse." „Vielleicht könntest du da einmal deine Mägde hinschicken, Stelzenbauer!", scherzt der Döglbauer und alle lachen. „Jedenfalls", fängt der Bichler wieder an, „hat die Barbara – so hat es mir der Schmuser erzählt – eben diese Alte aufgesucht." „Und dabei war die Barbara noch nicht einmal an deinem Hof, Stelzenbauer", wirft der Döglbauer erneut ein und wieder bricht großes Gelächter aus. Die Kräuterfrau habe, so führt es der Bichler dann aus, mit einer langen Nadel – unten eingeführt – das Kind aus dem Bauch von der Barbara herausholen wollen und habe aber statt dem Ungeborenen die Blase erwischt. Die Barbara habe geschrien wie am Spieß, ganz Kitzbiche habe ihre

Schreie gehört, aber man habe ihr nicht mehr helfen können. Verblutet sei die junge Frau. „Wie eine frisch geschlachtete Sau!", lacht der Bichler.

Vom Stammtisch macht die Geschichte die Runde im Dorf. Erst sprechen die Männer darüber, dann die Frauen nach der Messe und zuletzt erzählt sogar der Hochwürden im Religionsunterricht den Kindern die Geschichte von der Barbara als mahnendes Beispiel, nicht vom Weg Gottes abzukommen. Natürlich spekuliert jeder: Ob der Paul das Kind auch nicht habe haben wollen? Oder ob er am Ende die Barbara nicht habe heiraten mögen, weil man mit einer aus dem Armenhaus keine Ehr mache? Ob das Lisei der großen Schwester vielleicht draufgekommen und die beiden in Streit geraten seien, was mit dem ungeborenen Kind zu geschehen habe? Ob die Drud ihre Hände im Spiel gehabt und die arme Barbara mit der Kräuterfrau bekannt gemacht habe? Wie sonst sei das Mädchen, das bereits im nächsten Dorf die Orientierung verloren hätte, in der Lage gewesen, die Frau aus dem Tirolerischen zu finden? Die Huberin bleibt dabei, dass bei all dem Unglück die Unleidl ihre Hände im Spiel gehabt haben muss, während die Mutter weiterhin die Drud im Verdacht hat. Die Tante mahnt hingegen, dass den Leuten aus dem Tirolerischen grundsätzlich nicht zu trauen sei. „Weiß Gott, welches Geschäft sie mit der armen Barbara getrieben haben!"

Geredet ist viel worden, vor allem im Gasthaus, aber gewusst hat keiner etwas. Die Mizzi hat sich am Geplapper der Leute nicht beteiligt. Ihr ist es nur so vorgekommen, als ob es im Tal seit dem Tod vom Lisei mehr geregnet hätte als früher. Aber gewiss weiß man so etwas natürlich nicht. Freilich hat sie immer wieder an die Freundin denken müssen.

DIE UNLEIDL

„Schau, dass du dir die Tinte aus den Haaren wäschst!", schimpft die Mutter. Sie will nichts davon hören, dass der Franz Mizzis Zöpfe schon wieder absichtlich ins Tintenfass getaucht hat. Wütend ist die Mutter, dass das schöne Leinengewand blau geworden ist, ausgerechnet ein paar Tage vor dem heiligen Fest der Kreuzerhöhung. Damit die Mizzi es sich einprägt, reinzuhalten, wird sie nackt in den Waschtrog vorm Haus geschickt. Sie soll sich hineinsetzen und sich waschen. Oft ist der September in den Bergen kalt, aber nie ist der Frost so schnell heruntergekommen wie in diesem Jahr. Mizzi friert in ihrem Waschtrog wie ein Schneider. Und als sie trocken wieder in der warmen Stube sitzt, sind ihre Zehen noch beim Abendbrot blau vom kalten Brunnenwasser. „Diese Speise segne uns Gott der Vater, Gott der Sohn und Gott der heilige Geist!", sagt der Onkel und alle am Tisch bekreuzigen sich. Dann greift ein jeder nach den Brotscheiben. Butter ist auch da. Der Onkel klagt, dass der heilige Petrus das Tal vergessen habe. Nie habe es zuvor so viel geregnet. Der Fluss führt so viel Wasser, dass er weit über die Ufer getreten ist. Die Tante nickt und meint, dass der Waschsteg seit Tagen überschwemmt und nicht mehr zu gebrauchen sei. Sie wisse gar nicht, wie sie die Wäsche sauber bekommen soll.

Nun erzählt die Mutter, dass sie der Minzerin begegnet sei. Da wird es still bei Tisch. Alle lauschen: Am Abend sei sie wie jeden Tag noch einmal hinauf zur Kirche. Und als die Mutter das Gotteshaus betreten habe, sei sie ganz allein darin gewesen. Sie habe wie immer eine Kerze für ihren verstorbenen Mann auf den Marmorabsatz vor dem Altar gestellt. Er sei ein guter Vater und ein frommer Mensch gewesen. Gott habe ihn selig. Die Mutter bekreuzigt sich und fährt dann fort: „Der Nepomuk im rechten Altarbild schaut meinem Jakl – Gott hab ihn selig – gleich wie aus dem Gesicht geschnitten. So gern schau ich das Bild an, weil es dann ist, als ob ich nicht allein wäre." Als sie sich dann aber umgewandt habe, sei sie zutiefst erschrocken, denn die Waldfrau sei mit einem Mal in der letzten Kirchenbank gesessen. Wie sie hereingekommen ist, könne sie sich nicht erklären. Im dunkelsten Winkel der Kirche habe die Minzerin gekniet und gebetet. Nie sei die Mutter ihr bislang in der Kirche begegnet. Sie habe nicht gegrüßt, auch nicht genickt. Die Minzerin sei ja gewissermaßen eine Fremde, gehöre nicht zum Dorf. Beim Hinausgehen habe die Mutter im Augenwinkel einen Vogelkäfig neben der Kirchenbank gesehen: „Wenn die Frau aus dem Wald auftaucht, bedeutet es nichts Gutes." Es könne kein Zufall sein, dass die Minzerin gerade jetzt ins Dorf komme, wo das Lisei gestorben sei. Ob nicht die Waldfrau selber ihre Hände mit im Spiel gehabt habe, meint die Tante und zieht die Augenbrauen hoch. Dabei trägt sie die Teller in die Küche. „Warum fürchten sich alle vor der Minzerin?", will die Mizzi wissen. Die Mutter winkt ab und rät der Tochter, Abstand zu halten von der Verrückten: „Dass du mir der Waldfrau nicht zu nahe kommst!"

Als die Mizzi am nächsten Tag das Klassenzimmer betritt, wird der Unterricht gleich um acht Uhr durch Lehrer Blüml beendet: Die Kartoffelkäfer sind gekommen und alle Kinder werden nun zu Hause gebraucht, da muss der Unterricht hintenanstehen. „Dass uns nur nicht die Ernte ins Wasser fällt!", schimpft der Lehrer und schlägt das Klassenbuch zu. Die Mizzi hat sich so auf die große Pause gefreut. Wie gerne hätte sie dem Hannerl von der Waldfrau erzählt. Stattdessen muss sie nun im Regen Maden abklauben. Erst sammelt die

Mizzi die kleinen Würmer vom Heimacker hinter dem Haus, dann beim Schwendner, aber da ist nicht mehr viel zu tun, weil die Schwendnerin am Vortag schon damit angefangen hat. Anschließend geht sie zur Huberin hinüber. Dort fragt die Mizzi die Nachbarin, warum sie glaube, dass es seit Tagen regne. Die Alte nickt wissend und meint, dass die Unleidl vom See heraufgeschwommen sei. Die Mizzi macht große Augen, den Namen hat sie in den letzten Wochen immer wieder gehört, nur weiß sie nicht, was sich dahinter verbirgt. Natürlich will sie mehr darüber erfahren, wer oder was das ist. Sogleich erzählt die Huberin, dass die Unleidl vor vielen Jahrhunderten am Chiemsee gewohnt habe. Keiner habe etwas mit ihr zu tun haben wollen, weil ihr böses Mundwerk alle in Misskredit gebracht habe. Sie habe sogar die Nonnen von Frauenchiemsee und die Mönche von Herrenchiemsee angeschwärzt, zu Unrecht versteht sich. Und nach ihrem Tod habe die Seele der Unleidl dann auch keine Ruhe gefunden. Natürlich habe sich, so die Huberin, niemand bereit erklärt, ihr Grab zu pflegen oder Messen für sie lesen zu lassen. „So lebt sie fort wie ein Unhold!", raunt die Huberin und zieht dann die Mizzi näher zu sich heran: „Am Morgen trägt der Wind die Seele der Unleidl von der Kampenwand hinunter ins Tal, dann streift sie über den See und am Nachmittag weht sie ruhelos die Ache aufwärts, ins Tal hinein. Vermutlich hat die Unleidl auch das Lisei geholt. Denn dass eine Zehnjährige im knietiefen Wasser ertrinkt oder sich das Genick bricht, wie es neuerdings heißt, das kann sich kein Mensch vorstellen! Bestimmt ist es die Unleidl gewesen, mit absoluter Gewissheit sogar", wispert die Huberin.

Die Mizzi schluckt. Eine solche Geschichte hat sie noch nie gehört. Schon fährt die Huberin mit ihrer Erzählung fort:

„Wenn die Unleidl erst einmal im Dorf ist, dann geht es dahin wie mit der Geiß am Markt. Ein Unglück jagt das andere." Die Mizzi fragt auch nach der Minzerin und berichtet, was sie am Vortag von der Mutter gehört hat. „Liebe Mutter Gottes, das stimmt zusammen!", schreit die Huberin entsetzt. „Wenn die Minzerin aufgetaucht ist, dann ist das Böse nicht weit. Vielleicht hat auch die Minzerin das Lisei auf dem Gewissen. Das kranke Weibsstück! Die ist von der Unleidl wie besessen!" Die Mizzi schluckt. Es gibt so vieles, wovor sie sich in Acht nehmen muss. Die Mutter hat bislang vor allem vor der Drud und den Hexen in den Senken gewarnt. Aber mit einem Mal gibt es so viel mehr Böses, jetzt ist von einer Waldfrau die Rede und von der Unleidl. Da scheint es der Mizzi das Beste, sich nicht zu weit vom Haus zu entfernen. Bei dem Regen will sowieso niemand hinaus.

Am Abend füttert die Mizzi die Hühner mit den gesammelten Würmern. Schnell picken die Tiere die roten Punkte weg. Aber mit den Kartoffelkäfern allein ist es nicht getan. Denn kurz darauf folgen die Rossmücken. Die Mutter sagt, dass jede Apokalypse mit dem Ungeziefer beginne. Da ist sie mit allen Leuten aus dem Dorf einer Meinung. Und die sind sich deshalb so sicher, weil der Pfarrer alles erklären kann. Zur heiligen Messe liest der Hochwürden: „Feuerschlangen bissen das Volk und viel Volk aus Israel starb. Da kam das Volk zu Mose und sagt: ‚Wir haben gesündigt, denn wir haben uns gegen den Herrn und gegen dich aufgelehnt. Bete zum Herrn, dass er uns von den Schlangen befreit.' Da betete Mose für das Volk." Die Mutter sagt, dass die Rossmücken der Anfang vom Ende seien. Die Mizzi mag sich gar nicht vorstellen, was noch alles geschehen soll: Die Freundin ertrunken, wochenlang regnet es, die Ache steht schon auf der Dorfstraße und nun die Insekten. In

Schwärmen fallen die Rossmücken bei jeder Regenpause über das Vieh her, jagen Kälber über den Abgrund und machen auch vor den Menschen keinen Halt mehr. Den kleinen Vinz von der Dögelbauerin haben die Rossmücken so sehr ins Gesicht gestochen, dass der Säugling tagelang seine Augen nicht mehr öffnen und kaum atmen konnte. Die Döglbauerin hat sogar den Pfarrer um Hilfe gebeten und der hat für den kleinen Buben viele Rosenkränze gebetet. Nur das hat am Ende geholfen.

Wenn die Mizzi den Onkel, die Tante oder die Mutter fragt, woher die vielen Mücken kommen, wird sie nur geschimpft. Ob sie nicht zuhöre, was der Hochwürden allsonntäglich predige, heißt es dann. Die Rossmücken seien eine Strafe des Herrn. Es werde sich weisen, wer der Schuldige sei. Die Mizzi beschließt, zur Huberin hinüberzugehen, die ist nicht so streng und erzählt bereitwillig, was sie weiß. Und das ist eine Menge.

Mizzi wirft sich eine Decke um Kopf und Rücken und lässt vom Gesicht nur einen kleinen Spalt, um sich gegen die Rossmücken zu schützen. Dann läuft sie eilig vom Wirtshaus hinunter zur Nachbarin. So schnell es geht, schließt sie die Türe hinter sich. „Weißt du, woher die Rossmücken kommen?", fragt die Mizzi sogleich. Die Huberin nimmt das Mädchen mit in die Stube und erklärt dort, dass alles in der Welt miteinander verwoben sei. Da gebe es nicht die Kartoffelkäfer und die Mücken, sondern das eine bedinge das andere. „Wenn ein junger Mensch weit vor seiner Zeit stirbt", sagt die Huberin, „so wie das bei der Lisei geschehen ist, dann bleibt an seiner Statt eine Lücke. Und diese Lücke füllt der Herr." Das kann sich die Mizzi vorstellen, dass der liebe Gott – aus Gram über den Tod vom Lisei – erst den Regen und dann zusammen mit der Unleidl die Kartoffelkäfer und die Rossmücken geschickt hat. Die Huberin stellt ihr einen Becher Milch hin. Die Mizzi trinkt alles aus und weil sie an das Lisei denken muss und ihre Augen schon wieder feucht werden, legt sie ihren Kopf auf die Knie der Nachbarin. Die mag vielleicht eine alte Frau sein, aber sie weiß viel und ein Trost ist sie allemal, wenn auch das Lisei nicht mehr lebendig wird.

DIE MINZERIN

Es regnet weiter. Die Berggymnasten verlassen das Dorf. Keiner will sich zerstechen lassen. Der Onkel meint, dass der Petrus doch irgendwann ein Einsehen haben müsse. Und wenn es aufhöre zu regnen, dann seien auch bald die Rossmücken fort. Die Huberin wiederum sagt, dass die Unleidl die Insekten mitgebracht habe, weil das Unglück ihr immer aufs Bein folge, und dass genau deswegen auch die Minzerin wieder im Tal aufgetaucht sei. Maler Müller aber nutzt jede noch so kleine Regenpause. Er will sich weder von den Mücken und am allerwenigsten von einer Waldfrau abschrecken lassen. Unermüdlich fertigt er Skizzen an. Die Mizzi ist fleißig dabei und weil es sie interessiert, wie ein so gebildeter Mensch wie der Herr Professor die Lage im Dorf einschätzt, fragt sie ihn rundheraus nach seiner Meinung zur Unleidl und den Rossmücken. „Lass dich vom Gerede der Menschen nicht einschüchtern", rät ihr der Maler. Selbstverständlich gebe es keine Unleidl und man dürfe nicht auf die Ammenmärchen hören, die dafür gemacht seien, die Leute kleinzuhalten. Er erklärt der Mizzi auch, dass die Minzerin nicht böse sei. Sie habe vielleicht einen eigenen Kopf und ziehe den Wald der Dorfgemeinschaft vor, aber das sei ja ihre Sache. Sie habe sich bestimmt nichts zuschulden kommen lassen, sonst hätte die Gendarmerie doch längst eingegriffen. Ein Schwarm Rossmücken lässt sich auf der Staffelei nieder. Maler Müller steckt sich seine Pfeife an und bläst den Rauch in Richtung der Mücken. Es hilft. Sofort schwirren sie davon. Offenbar können sie den Tabakgeruch nicht leiden. „Eine gute Pfeife hat noch immer geholfen", murmelt der Maler und arbeitet weiter.

Abends geht Mizzi dem Onkel zur Hand. Die Terrasse ist seit Tagen geschlossen, alle sitzen in der Gaststube. „Weggesperrt gehört so eine!", schreit der Schwendner. „Sich im Wald verstecken wie ein räudiger Fuchs!", empört sich der Bichler. Die Männer hocken am Stammtisch. Der Gürtner lässt anschreiben. Der Stelzenbauer bestellt seine fünfte Halbe. Die Mizzi soll sie austragen. Was denn um Gottes willen im Wald so schön sein soll, dass man überhaupt nicht mehr herauskomme, will der Bichler wissen. „Da gibt's doch nicht mal Bier!", grölt der Schwendner. „Damit kann man mir gestohlen bleiben!" Der Stelzenbauer winkt zum Ausschank. „Apropos!", ruft er. Die Mizzi muss laufen, sie stellt dem Stelzenbauer seinen Krug hin. „Ohne Bier ist es doch kein Leben!", ruft der und alle Männer stoßen darauf an. „Bist ja so oder so kein Kostverächter", meint dann der Bichler. „Ein Halodri ist er, der Stelzenbauer", sagt der Schwendner. „Geh weiter!", ruft der Angesprochene. „Was soll das denn heißen?" Dass alle Mägde schnell den Stelzenbauernhof wieder verlassen würden, dass keine ein Jahr dort im Dienst bleibe und dass das Lenerl damals mitten im Winter weitergezogen sei, raunt der Aibinger. „Kugelrund! Und im Jahr darauf das Roserl", lacht der Schwendner und prostet in die Runde, „wieder kugelrund!" „Wird es den beiden bei uns halt geschmeckt haben", lacht der Stelzenbauer und legt die Schafkopfkarten neben seinen Bierkrug.

Später kommt der Förster durch die Tür und setzt sich an den Stammtisch: „Es muss mit dem Teufel zugehen, sie – ihr wisst schon, wen ich meine – ist vom Hochwald heruntergekommen!" Der Bichler lässt seine Karten sinken, alle unterbrechen ihr Spiel. „Gerade wenn ich vier Laufende habe, hören wir auf!", schimpft der Stelzenbauer. Das Kartenspiel ist aber schnell vergessen, weil das Gespräch gleich wieder auf die Minzerin kommt. Und so erfährt die Mizzi, dass niemand im Dorf mit der Waldfrau sprechen will. Der Schwendner redet sich immer mehr in Rage: „Dieses Weib war von jeher geisteskrank. Sie hat sich so lange an einer Stelle gekratzt, bis das blanke Fleisch herausgeschaut hat. Ein Großteil ihres Körpers ist vernarbt und verkrustet." „Um Gottes willen!", plärrt der Bichler dazwischen. „Das ist doch kein Anblick. Ein Weibsbild voller Wunden!" „Warum der Minzer sich erbarmt hat, so eine zu heiraten, verstehe ich immer noch nicht", grinst der Stelzenbauer und fügt hinzu: „Das Auge isst schließlich mit." Die Männer lachen und prosten sich fröhlich zu.

„Geh weiter, Stelzenbauer!", schreit der Bichler. „Der Minzer ist ein kluger Mann und wird sich gedacht haben: Was ich erheirate, muss ich nicht erarbeiten." Alle in der Gaststube sind sich einig: Der Minzer habe die Verrückte nur geheiratet, weil sie als einziges Kind ihrer Eltern alles erben würde und er scharf auf das Haus am Bichl gewesen ist. Und natürlich hat er als Fremder froh sein müssen, überhaupt eine Bauerstochter zum Heiraten zu finden. Aufmerksam hört die Mizzi zu. Die Geschichte von der Waldfrau interessiert sie. Nach der Geburt ihres Sohnes sei die Minzerin mit einem Mal ganz normal geworden, behauptet der Schwendner. Sie habe aufgehört sich zu kratzen und sogar im Chor mitgesungen. Alle hätten gedacht, dass es mit ihrer Spinnerei ein Ende habe. Aber dann sei ihr Sohn gestorben – Gott weiß warum. Jetzt mischt sich der Höglbauer ein, der auch am Bichl wohnt: Die Minzerin habe den kleinen Buben abends schlafen gelegt und in der Nacht habe der Herrgott ihn geholt. Der Junge sei nicht wieder aufgewacht. Nicht einmal ein Jahr sei er alt geworden.

Den Tod des Sohnes hätten die Eheleute nicht verkraftet, meint die Mutter, die das Gespräch bislang nur verfolgt hat. Aber jetzt traut sie sich: „Der Herr gibt und der Herr nimmt und natürlich prüft Gott den Menschen, aber die Minzers haben diese Prüfung weder begriffen noch bestanden!" Der Minzer habe angefangen zu saufen und schon am Morgen den Selbstgebrannten hinuntergestürzt wie andere die Milch. Danach habe er die Minzerin verdroschen, schlimmer als einen Straßenköter. Der Pfarrer habe ihr schließlich nahegelegt, sonntags nicht mehr im Chor zu singen, erzählt die Mutter noch, und dass man dem Pfarrer da nur recht geben könne. Auch der Schwendner stimmt zu: „Eine Frau mit blau geschlagenem Gesicht ist nichts fürs Auge. Da hat die Minzerin beim Hochamt nichts auf der Empore verloren!" Tagelang sei sie am Brunnen gestanden, habe sich gekratzt und bis zur Heiserkeit „Mater dolorosa" gesungen. Und dann sei sie samt ihrer Aussteuer im Wald verschwunden, vielleicht habe sie sich dort einen Kobel gezimmert. In jedem Fall aber sei sie mittlerweile mehr Tier als Mensch. Der Bichler bezweifelt sogar, dass sie überhaupt noch sprechen kann.

Alle heiligen Zeiten nur komme die Minzerin ins Dorf zurück. Natürlich rede keiner mit ihr. Man wisse auch nicht, was sie hier wolle. Fernhalten solle sie sich, vor allem von den Kindern, meint die Mutter. „Nur der Teufel weiß, was einer wie der Minzerin in den Sinn kommt." „Wenn die nicht sogar das Lisei auf dem Gewissen hat!", plärrt der Höglbauer. Der Stelzenbauer schimpft, dass man sie einsperren müsse, und auch der Bichler ist der Meinung, dass die Gesetze zu larifari seien, jeder könne tun und lassen, was er wolle. Dabei sei doch die Sicherheit der Bürger das Wichtigste. Dann vertiefen sich die Männer in eine politische Diskussion über Ostafrika und die Pazifikinseln und der Schwendner ruft, dass der Kaiser Courage habe und den Wilden da unten schon die echte Herrenkultur zeigen werde. Daraufhin ordert der Stelzenbauer seine sechste Halbe. „Politik macht durstig!", schreit er.

Am Abend kann die Mizzi gar nicht einschlafen, weil ihr die Minzerin nicht aus dem Kopf gehen will. Aber wie sehr sie sich auch konzentriert, sie kann sich eine Waldfrau nicht vorstellen. Und noch mehr würde die Mizzi interessieren, ob die Minzerin das Lisei totgemacht hat, wie es am Stammtisch geheißen hat. Gleich am nächsten Morgen berichtet sie alles haarklein dem Hannerl und dem Karl. Natürlich finden die Freunde die Geschichte von der Waldfrau interessant, alles lassen sie sich erzählen und prompt beschließen die drei, die Minzerin abzupassen, sollte sie wieder ins Dorf kommen, um ihr dann heimlich in den Wald zu folgen. „Das wird ein Abenteuer", freut sich der Karl. „Da wird der Franz Augen machen, dass wir uns zur Waldfrau trauen und er nicht!" Groß ist die Aufregung der drei und dann geht alles sogar viel schneller, als die Kinder es sich vorgestellt haben.

Beim Fest der Kreuzerhöhung sitzt die Minzerin zum Hochamt in der Dorfkirche und faltet die Hände. Keiner nimmt neben ihr Platz, die letzten beiden Reihen bleiben leer. Niemand will auch nur in die Nähe der Minzerin kommen. Der Karl blinzelt den Mädchen zu, das ist das verabredete

Zeichen. Und so fragt die Mizzi nach der Messe die Mutter, ob sie das Hannerl heimbegleiten darf, und das Hannerl fragt wiederum ihre Mutter, ob sie kurz mit der Mizzi ins Gasthaus kann. Beide Mütter seufzen und nicken dann. Gott sei Dank stehen sie so weit voneinander entfernt, dass sie nicht bemerken, wie ihre Töchter sie ausschmieren. Das haben sich die Mizzi und das Hannerl fein ausgedacht. Der Karl fragt überhaupt niemanden. Wenn er nicht zum Mittagessen erscheint, wird es der Stelzenbauerin nur recht sein, so bleibt für ihre Söhne mehr auf dem Teller. Damit ist alles ausgeredet. Die drei warten vor dem Gotteshaus. Und während die Leute langsam ins Dorf hinunterschlendern – es gibt ja immer viel zu erzählen, vor allem nach dem Erscheinen der Waldfrau –, bleibt die Minzerin in der Kirche sitzen. Sie kniet und hat ihre Hände zum Gebet so nah an ihr Gesicht herangezogen, dass man sie kaum erkennen kann. Erst als auch der letzte Kirchgänger sich auf den Weg nach Hause gemacht hat, tritt sie scheu durchs Portal und geht dann – anders als alle anderen – nicht ins Dorf hinunter, sondern den Prügelweg hinauf, am Forsthaus vorbei, direkt in den Wald. Die Mizzi, das Hannerl und der Karl haben sich hinter der Kirchmauer versteckt, sodass die Minzerin sie nicht bemerkt. Während die anderen Dorfbewohner den Herrgott einen guten Mann sein lassen, beschleunigt die Waldfrau ihren Schritt, blitzschnell ist sie im Hochwald verschwunden. Nur mit Mühe können die Kinder ihr folgen. Bald sind nicht einmal mehr die Dächer der letzten Häuser zu sehen, der Weg wird enger und ist schließlich nur noch ein verwachsener Pfad. Hier waren die Freunde noch nie. Keiner von ihnen kennt diesen Steig. Die Zeit verfliegt. Niemand von ihnen kann sagen, wie lange sie schon so durch das Unterholz hetzen.

Obwohl die Mizzi die Wege auf den Hochgern, auf das Windeck oder auf den Hochlerch kennt wie ihre Westentasche, ist hier alles neu für sie. Nie haben sich die Kinder so weit vom Dorf entfernt. Sie nehmen immer kleinere Pfade, bis die Felsen größer und furchtbarer werden. Keine menschliche Stimme ist zu hören, nur das Rufen der Habichte und das Echo der Schritte. Mit einem Mal bleibt die Minzerin stehen, bückt sich an einem Bach zum Trinken und beginnt dann laut zu singen. Fürchterlich erschrecken sich die drei vor dieser Stimme, die so gar nicht nach einem Menschen klingt. Dann rappelt die Minzerin sich auf. Sie steht an einer Stelle, wo der sonst gerade Weg ohne Grund eine sonderbare Kehre macht. Hier verlässt sie den ausgetretenen Pfad und schleicht geradewegs durchs Unterholz. Die Kinder folgen, längst haben sie die Orientierung verloren. Die Mizzi hofft, dass kein Wind aufkommt, der die Seele der Unleidl in den Wald wehen könnte. Denn dann wäre alles aus.

Keiner sagt ein Wort. Im Dickicht legt die Minzerin nochmals an Tempo zu. Den Brennnesseln können die Freunde nicht mehr ausweichen, zu schnell müssen sie laufen. Die Mädchen zerkratzen sich die Waden an den Brombeerbüschen, Karl schützt immerhin seine Loferl. „Ich kann nicht mehr!", keucht das Hannerl. „Sei leis!", schimpft der Karl. Doch plötzlich bleibt er abrupt stehen. Die Mizzi wäre ihm fast auf die Ferse getreten. Mit offenem Mund stehen die Kinder vor einem zwei Meter hohen Holzkreuz, das mitten in den Bäumen steht. Daran angenagelt eine Tafel: „Weich an keinem Tag von Gottes Wegen ab. Sonst liegst du wie der Anderl ohn Gott und ohne Grab."

Die Geschichte vom Kartenspieler, der den Pakt mit dem Teufel eingegangen ist, kennen die Kinder natürlich. Ihre Eltern haben sie oft genug vor der Finsterau gewarnt. Und jetzt stehen sie an genau dieser Stelle und wissen nicht ein noch aus. Der Karl bedeutet den Mädchen, der Minzerin zu folgen. Die Mizzi und das Hannerl bekommen kaum mehr Luft. Trotzdem laufen sie weiter. Die zerkratzten Unterschenkel bluten, das Hannerl beginnt zu weinen und der Karl schimpft, dass sie einfach zu langsam seien. Der Mizzi verschwimmt die Zeit, genau wie die Bäume, die Felsen und Himmelsrichtungen. Die Sonne geht unter, die Dunkelheit verschluckt den Wald. Die Mizzi weiß, dass auf jedem Ast die Drud auf sie warten könnte. Die Mutter hat es ihr oft genug erzählt, dass man nachts nicht im Wald sein darf. Dass die Drud ihre Opfer auspäht, erst kreist, sich dann herunterstürzt und auf ihre Brust setzt, bis sie keine Luft mehr bekommen. Tränen laufen über Mizzis Wangen. Sie weint, aber sie rennt trotzdem. Denn sie weiß, dass sie zusammenbleiben müssen. Um nichts in der Welt darf einer verloren gehen, sonst wäre er der Drud oder der Unleidl hilflos ausgeliefert. Sie fürchtet, die Mutter niemals wiederzusehen. Es hilft nichts, sie muss laufen. Wenn sie leben will, muss sie laufen.

Mit einem Mal endet der dichte Wald. Karl hebt die Hand und weist die Mädchen an, stehen zu bleiben. Die Kinder sind an einer Lichtung angelangt, in der Senke stehen kleine Birken und mitten zwischen den Bäumen liegt eine Hütte. Ein munteres Bellen schallt ihnen entgegen und bald springt ein Hündchen die Minzerin an, die mit dem Tier in der Hütte verschwindet. Hübsch sieht ihre Behausung aus, gar nicht nach einer Erdhöhle oder einem Dachsbau, wie der Bichler vermutet hat. Das Licht im Fenster zieht die Kinder an. Sie schauen hinein und sehen die Minzerin, die einen Jungen umarmt. Der Hund legt sich in die Ecke. Im Käfig singt ein roter Vogel. Und dann spricht das Hannerl aus, was alle denken: Dass der Bullenohr zur Minzerin zurückgekommen ist, dass sie ihm allesamt Unrecht getan hätten, weil doch alles stimme, was er ihnen auf dem Pausenhof erzählt habe. Tränen laufen über Hannerls Gesicht. Auch die Mizzi muss weinen, vor Erschöpfung und auch aus Scham. Der Karl schweigt. Was gesagt werden muss, hat das Hannerl gesagt: Der Bullenohr hat nicht gelogen, aber keiner hat ihm damals glauben wollen.

Die Minzerin und der Bullenohr setzen sich zum Abendbrot. Die Mizzi würde alles für eine Wurst geben, ihr Magen knurrt unaufhörlich. Noch immer singt der Vogel. Die Kinder trinken Wasser aus dem Brunnen – jeder hat entsetzlichen Durst –, dann setzen sie sich auf die Stufe vor der Tür. Wohin sollen sie auch in dieser Dunkelheit. Keiner kann sich nur annähernd an den Weg erinnern. Mizzi könnte nicht einmal sagen, aus welcher Himmelsrichtung sie gekommen sind. Alle drei klagen über Hunger und Heimweh. Das Hannerl schimpft, warum die Mizzi sie in eine solche Situation gebracht habe. Und der Karl meint, dass es einerlei sei, ob er zu Hause nichts zu essen bekomme oder hier in der Wildnis. Mizzi schweigt. Normalerweise würde sie nun in ihrem Bett liegen, das warme Stroh unter sich, die Leinendecke bis an die Nasenspitze gezogen. Mizzi muss an die Mutter denken. Nie hat sie solches Verlangen nach ihrer Hand verspürt, der Hand mit der rauen Haut und den braunen Flecken. Von allen Händen auf der Welt ist die ihrer Mutter am schönsten.

Mit einem Mal öffnet sich die Tür. Die Kinder springen auf und da steht sie, die Minzerin. Keiner traut sich ein Wort zu sagen. Die drei stehen einfach nur im Lichtkegel und starren die fremde Frau an: Ein paar Narben hat sie im Gesicht, aber eine hässliche Frau ist sie nicht. Die Minzerin reicht jedem eine Scheibe Brot und sagt dann: „Mein Bub legt sich jetzt schlafen und für euch ist es Zeit, nach Hause zu gehen." Dann schließt sie die Tür hinter sich und geht mit der Laterne voran. Keines der Kinder sagt ein Wort. Der Karl hat als erster seine Brotscheibe hinuntergeschlungen und folgt der Waldfrau. Die Mädchen nehmen sich an den Händen, sie wollen nicht allein zurückbleiben. Mizzis Augen heften sich an die Laterne. Sie beißt in das Brot – und das schmeckt. Das schmeckt sogar besser als das Brot im Dorf. Genau betrachtet ist es das beste Brot, das sie jemals gekostet hat. Mizzi drückt die Hand vom Hannerl. Sie müssen nur zusammenbleiben, dann wird alles gut.

Salzig schmecken die Brotreste in ihrem Mund, salzig schmeckt auch der Schweiß, der ihr über die Schläfen rinnt, und auch ihre Tränen sind salzig. Was haben sie sich nur dabei gedacht, der Minzerin in den Wald zu folgen? Warum sind sie nur das Risiko eingegangen, von den bekannten Wegen abzubiegen und dann durch die Finsterau zu gehen? Mizzi macht sich Vorwürfe. Das Hannerl schluchzt. Sie kann gar nicht aufhören zu weinen. Die Mizzi versteht ihre Angst: Wenn die Eltern miteinander reden und feststellen, dass die Mädchen sie ausgeschmiert haben, dann ist es ganz aus. Aber auch wenn sie nichts bemerkt haben: Dass sie die Mutter angelogen hat, wird sie beichten müssen. Der Pfarrer betet im Religionsunterricht die Zehn Gebote hinauf und hinunter. Und heute hat sie die Unwahrheit gesagt und die Mutter nicht geachtet, obwohl sie gewusst hat, dass es falsch ist.

Jetzt nähern sie sich der Finsterau. Die Blätter rauschen. Ein Kauz ruft. Gern würden die Kinder einen Bogen darum machen, aber keiner hat sich getraut, auch nur ein Wort zu sagen. Stumm blickt die Mizzi zum Kreuz, das aus dem Gebüsch aufragt. Der Mund wird trocken, Schweiß tritt aus den

Poren, das Herz will zerspringen. „Nicht der Regen, nicht der Sturm, haucht mir Schauer übers Herz" – so ähnlich hat es doch der Hofkapellmeister aus dem Gedicht zitiert, als er die dunklen Wolken hat aufziehen sehen. Warum muss sie ausgerechnet jetzt daran denken? Die Mutter hat immer gesagt, dass das Herz zerspringt, wenn man diesem gottverlassenen Ort zu nahe kommt, aber als sie an der Finsterau vorbei sind, schlägt Mizzis Herz immer noch.

Kein Zauber ist über sie gekommen. Kein Teufel hat sie geholt und kein Herrgott hat sie gestraft, obwohl sie gegen seine Gesetze verstoßen haben. Und plötzlich erkennt Mizzi den alten Pfad der Holzknechte wieder, dann die Lichter am Forsthaus. Entfernt hört man Stimmen aus dem Dorf. Fackeln brennen. Durch die letzten Bäume sieht die Mizzi, dass der Prügelweg bis zum Waldrand hinauf hell erleuchtet ist. Das halbe Dorf muss auf den Beinen sein. Namen werden gerufen. „Hannerl! Hannerl!", schreit einer immer wieder und dann ruft jemand nach Mizzi und auch nach Karl. Die Mizzi hört ein Durcheinander an Geräuschen. Sie meint die Stimme ihrer Mutter zu erkennen und die des Onkels auch. Doch mit einem Mal wird es still – in dem Augenblick, als die Minzerin, gefolgt von den Freunden, aus dem Wald hervortritt. Dann geht alles schnell. Hände greifen nach den Kindern. Die Mizzi wird erst vom Bichler aufgehoben, dann an die Huberin weitergereicht, dann an die Schwendnerin, bis der Onkel sie zu fassen bekommt. Er hält sie fest an sich gedrückt. Die Mutter nimmt Mizzis Hand und weint: „Dass du wieder da bist, du dummes Ding, du saudummes." Wieder rufen alle durcheinander. Dass die Minzerin die Kinder entführt habe, schreit einer. „Verbrecherin!", brüllt der Bichler. Der Gürtner klaubt einen Stein auf und wirft ihn der Minzerin an die Stirn. Die hält sich die blutige Stelle. Und dann nimmt auch der Leiminger einen Stein in die Hand, der Schwendner, der Lehrer Blüml, der Stelzenbauer und die Mutter auch. „Schau, dass du weiterkommst!", droht der Gürtner. Und damit verschwindet die Minzerin im Wald. „Lass dich nie wieder im Dorf blicken!", plärrt der Döglbauer.

Die Mizzi hätte gerne gesagt, dass die Frau ihnen kein Leid getan hat, ganz im Gegenteil, dass sie ihnen Brot gegeben und sie nach Hause begleitet hat. Aber es ist zu laut. Alle rufen wilde Verwünschungen durcheinander. Schon trägt der Onkel sie den Prügelweg hinunter und ins Haus. Er setzt sie in die Stube. Die Tante bringt eine warme Milch, die die Mizzi auf einen Satz austrinkt. Dann wollen die Erwachsenen wissen, wie es dazu habe kommen können, dass die Minzerin sie mitgenommen habe. „Wo hat euch die Hexe aufgelauert?", fragt der Onkel. Was sie mit den Kindern angestellt habe, will die Tante wissen. Ob sie ihnen weh getan habe, hakt sie nach. Aber die Mizzi kann nichts sagen. Sie schüttelt nur den Kopf. Tränen laufen über ihre Wangen. Die Schultern zucken. Die Tante bringt noch eine Milch. Und die Mutter mahnt, dass man die Tochter jetzt lassen solle. „Das Kind braucht Ruhe!" Der Onkel trägt Mizzi die Stiege hinauf. Die Mutter gibt ihr einen Kuss auf die Stirn: „Wir müssen Gott danken, dass sie wieder da ist." Der Onkel nickt.

Am nächsten Morgen, als die Mizzi aufwacht, steht die Sonne hoch an einem blauen Himmel. Das Gasthaus ist voll. Die Mizzi bleibt hinter dem Ausschank stehen. Der Bichler ruft, dass die Minzerin schon immer verrückt gewesen sei. Der Onkel gibt eine Runde Marillenlikör aus, weil die Kinder heil wieder zu Hause seien. Die Gäste applaudieren. Fernhalten müsse man die Kinder vor der Waldfrau, meint die Mutter, damit sich so etwas nicht wiederhole. „Der Teufel ist in sie gefahren", plärrt der Gürtner dazwischen. Der Stelzenbauer wirft ein, dass man die Minzerin ins Zuchthaus sperren müsse, denn die Sicherheit im Dorf sei das Wichtigste. Man müsse den Fall auf jeden Fall der Gendarmerie melden. Darin scheint Einigkeit zu bestehen! Der Gürtner haut mit der Handfläche auf den Tisch und dann vertiefen sich die Männer wieder in eine politische Diskussion.

Noch Wochen nach der Rückkehr der Kinder aus dem Wald wird über die Minzerin gesprochen. Selbst das große Hochwasser, das halb Marquartstein ertränkt hat, gibt weniger Anlass zu Gesprächen und Spekulationen als die Verrückte. Alle reden nur noch von der Waldfrau, von der Verschrobenen, von der Aussätzigen. Die Huberin hält sie sogar für die Drud höchstpersönlich, wenn nicht gar für die Unleidl. Auch an Michaeli sitzen alle im Gasthaus, es geht laut her. Der Schwendner bleibt bei seiner Meinung, dass eine wie die Minzerin weggesperrt gehöre, weil sie eine Gefahr für das Dorf darstelle. Und der Bichler meint, dass sie vielleicht gar nicht mehr am Leben sei, der Gürtner habe schließlich einen großen Stein auf sie geworfen. „Gleichgültig, was mit ihr passiert ist! Soll sie in der Hölle schmoren!" ruft die Döglbauerin dazwischen. Die Mizzi steht währenddessen hinter dem Ausschank und poliert leise die Gläser.

DIE KRÜGELWASCHERIN

Nach dem Vorfall mit der Minzerin nimmt die Mizzi sich vor, die Zehn Gebote immer zu achten. Sie will nicht mehr lügen, auch nicht mehr schwindeln, nicht einmal ein bisschen. Und sie will darauf hören, was die Mutter und der Onkel ihr auftragen. Sie geht regelmäßig zur Beichte, folgt der Sonntagsmesse mit ganzer Aufmerksamkeit, erledigt ihre Schularbeiten, führt die Berggymnasten, trägt die Staffelei des Malers und bedient im Gasthaus.

So geht die Kindheit hin und aus der Mizzi wird eine junge Frau, die schön und klug zugleich ist. Dafür haben einige Männer im Dorf einen Blick, aber lieb gehabt hat die Mizzi von jeher den Karl – und er sie auch. Und so kommt sie schließlich als junge Braut an den Hof der Stelzenbauers. Voller Gram ist der Franz, dass der Karl eine zum Heiraten gefunden hat und er weiterhin einschichtig ist. Immer wieder langt der Franz der Mizzi unter den Rock und schiebt seine dicken Finger in ihre Unterhose. Und das, obwohl die Mizzi eine verheiratete Frau ist, noch dazu seine Schwägerin. Eine Watschen kassiert er jedes Mal dafür, aber das stört einen wie den Franz nicht. Bisher hat die Mizzi bei seinen Übergriffen immer nur die Augen zugemacht, ihn machen lassen und ihm anschließend eine runtergehauen. Dem Karl hat sie kein Sterbenswörtchen erzählt. Der Franz traut sich ja nur, wenn kein anderer in der Nähe ist, wenn sie allein im Stall sind oder auf der Weide. Aber heute nimmt sie ihren ganzen Mut zusammen: „Machst du das, weil du allein bist und sich kein Weibsbild in dich verschaut?", fragt die Mizzi ihn. „Was weißt du schon, Krügelwascherin?", antwortet der Franz. „Ich bin einer der reichsten Bauernsöhne im Dorf, da wird man wählerisch. Eine dahergelaufene Wirtstochter tät ich nicht nehmen. Aber zum Schmusen reicht eine wie du!" Der Franz tut gern überheblich und drückt die Brust heraus, aber offenbar hat die Mizzi eine verletzliche Stelle gefunden. Denn seit diesem Gespräch macht der Franz einen großen Bogen um sie.

Dann kommt der Juli 1914 und mit ihm der Krieg. Und der gibt dem Franz Aufwind. Natürlich nicht nur ihm, im ganzen Dorf ist ein Jubilieren.

Es ist einer der ersten Kriegstage, als der Franz in seiner sauberen Uniform im Hausflur steht und die Hacken aneinanderschlägt: „Jeder Schuss ein Russ, jeder Stoß ein Franzos, jeder Tritt ein Brit!", singt er, die Stelzenbauerin steckt ihm Blumen ans Revers, der Stofferl schüttelt ihm die Hand, die Mizzi winkt. Vorgestern ist der Karl Richtung Westen gefahren, heute der Franz. Mit einem breiten Grinsen zieht er in den Krieg. Natürlich wird zu Recht gekämpft – für Kaiser und Land. Nur so schnell wie erst erwartet, geht es dann doch nicht.

Aus Frankreich schreibt der Franz seiner Mutter begeisterte Briefe, dass seine Kompanie erfolgreich sei und gut vorankomme, dass die Familie stolz auf ihn sein könne, dass er an so einem Krieg teilnehmen dürfe – für Kaiser und Vaterland. „Mein Bub!", sagt die Stelzenbauerin stolz und wedelt mit dem Papier, während sie die Dorfstraße hinuntergeht. Irgendwann werden die Briefe weniger und leiser: Zwei seiner Kameraden hätten ihr Bein verloren, einige seien im Lazarett und er friere immerzu. „Mein Bub!", sagt die Stelzenbauerin stolz und legt das Couvert auf die Anrichte. Und dann kommen mit einem Mal überhaupt keine Briefe mehr. „Mein Bub!", seufzt die Stelzenbauerin. „Wird ihm doch nichts passiert sein?" Sie will sich bei den Frauen in der Nachbarschaft umhören, ob die über ihre Söhne herausfinden können, was mit dem Franz passiert ist. Aber niemand hat etwas zu berichten.

Nachdem ein Jahr lang keine Briefe mehr vom Franz gekommen sind, bringt der Postbote endlich eine Nachricht von der Front. Die Stelzenbauerin ahnt es, als sie den Umschlag öffnet: „Als Kanonier den Heldentod gestorben!", stammelt sie. Daraufhin sagt sie wochenlang gar nichts mehr. Selbst der Hochwürden kann sie nicht trösten. Eisern schweigt sie bei allem, was zu tun ist, bei den Mahlzeiten, bei der Heuernte, sogar im Gottesdienst. Kein Wort kommt über ihre Lippen, bis am Grabstein der Familie ein neuer Name zu lesen ist: Franz Stelzenbauer – ohne Geburts- und ohne Todesdatum. Sein Grab bleibt leer. Aber es ist ein Zufluchtsort für die Stelzenbauerin, zweimal täglich kommt sie hierher und hält Zwiesprache mit ihrem Sohn. Die Mizzi ist angehalten, die schönsten Blumen aus dem Garten an sein Grab zu stellen. Und natürlich wird die Stelzenbauerin böse mit ihr, wenn es die falschen sind oder zu wenige. „Dummes Ding! Saudummes!", schimpft die Alte und dann versinkt sie wieder in einen unverständlichen Singsang.

Mizzi begleitet die Schwiegermutter, sooft es geht, zum Friedhof. Aber meistens muss sie mit dem Stofferl auf die Felder. Es ist ja sonst keiner mehr da. „Mir kann der Krieg nichts!", sagt der Stofferl zur Mizzi und stützt sich auf seine Sense. „Ich bin schließlich jetzt der einzige Sohn am Hof. Die Knechte und der Karl sind eingezogen, der Vater ist schon lange tot und der Franz jetzt auch – Gott hab ihn selig! Wer soll sich denn um den Hof kümmern, wenn ich nicht da bin?", fragt der Stofferl. Die Mizzi weiß gar nicht, ob er überhaupt mit ihr spricht oder mehr mit sich selbst. „Soll meine Mutter etwa die Sense halten, die sich mit ihren krummen Knochen nicht einmal mehr bücken kann?", nun schaut der Stofferl seine Schwägerin an: „Und du verstehst überhaupt nichts von der Landwirtschaft, bist ja nur eine Krügelwascherin!" Die Mizzi nickt. Es tut ihr zwar weh, so etwas zu hören, aber recht hat er dennoch mit dem, was er sagt: Der Stofferl ist vor dem Dienst an der Waffe verschont.

Die Stelzenbauerin, der Stofferl und die Mizzi wirtschaften also gemeinsam, wenngleich die Alte die meiste Zeit des Tages auf dem Friedhof zubringt. Bei Tisch wird geschwiegen und nach dem Tischgebet wird es wieder still im Haus der Stelzenbauers. Wie eine Fremde fühlt sich die Mizzi und schrecklich einsam ist ihr. Zu gern würde sie zur Mutter und zum Onkel zurück, aber sie darf nicht einfach davonlaufen.

Viele Monate fließt die Ache dunkel das Tal hinunter, aber dann kommen bessere Tage: Vor dem Haus hält ein Fuhrwerk, die Mizzi schaut aus dem Fenster und erkennt ihren Karl, der auf der Ladefläche liegt. „Der Karl", schreit sie, „der Karl ist zurück! Er lebt!" Schnell läuft sie vor das Haus, auch die Stelzenbauerin und der Stofferl kommen. Sie sehen dabei zu, wie zwei Männer den Karl herunterheben, ihm einen Krückstock in die Hand drücken und schließlich weiterfahren. Wie ein Wunder kommt es der Mizzi vor, dass sie ihren Mann wiederhat. Um den Hals fällt sie ihm, küsst seine Lippen und weint vor Glück mehr, als sie je vor Gram geweint hat. Unversehens beginnt die Stelzenbauerin zu wettern: „Das schaut dir gleich, dich vor dem Krieg zu drücken! Noch nie nicht hat man dich für etwas brauchen können und als Soldat offensichtlich auch nicht!", dabei zeigt sie auf das Knie ihres Ziehsohnes, das in einen dicken Verband gewickelt ist. „So weit ist es nun schon, dass wir auch noch einen Invaliden durchfüttern müssen, der noch nicht einmal recht zur Familie gehört." Die Mizzi schluckt, als sie die Worte der Schwiegermutter hört. „Schön ist es daheim!", sagt der Karl, ohne auch nur einen Blick auf die Stelzenbauerin zu werfen. Er legt seiner Mizzi den Arm um die Schulter, humpelt ins Haus und trinkt ein Bier auf der Ofenbank. „Das Knie ist kaputt!", stellt der Bader tags darauf fest. Der Karl lächelt, hält die Hand seiner Frau und bleibt die nächsten Tage auf der Ofenbank sitzen.

Schon eine Woche nach Karls Heimkehr kommt der Stellungsbefehl für den Stofferl. Und während die Mizzi ihrem Mann ein Kissen unter sein wundes Bein schiebt, öffnet ihr Schwager den Brief vom Wehramt, liest und sagt kalt: „Hauptsache, der Bastard ist wieder im Haus." Dann rennt er hinaus. „Jetzt nehmen sie mir auch noch den letzten Sohn!", weint die Schwiegermutter und versteckt ihre Augen hinter den geschwollenen Händen. Am Abend kommt der Stofferl nicht heim. Die Stelzenbauerin weint. Auch am nächsten Tag lässt sich der Stofferl nicht blicken. Und die Stelzenbauerin weint immer noch. „Wird er sich doch nichts angetan haben, der gute Bub", wimmert sie. „Sowas schaut meinem Stofferl nicht gleich, sich zu drücken vor der Verantwortung." Von da an wird im Haus der Stelzenbauerin nicht mehr gesprochen. Niemand hat den Stofferl gesehen. Am Montag darauf erscheint ein junger Leutnant und fragt, warum Christoph Stelzenbauer nicht zum Dienst angetreten sei. Ob man in diesem Haus nicht wisse, was mit Fahnenflüchtigen passiere. Die Stelzenbauerin weint noch immer und ist nicht in der Lage, zu antworten. Auch die Mizzi bringt vor lauter Angst kein Wort heraus. Nur der Karl macht seinen Mund auf und erklärt, dass der Stofferl gegangen sei, keiner in der Familie wisse wohin. Der Leutnant nickt, obwohl er dem Karl nicht recht glaubt.

Auch an diesem Abend kommt der Stofferl nicht heim, er bleibt verschwunden. Die Schwiegermutter weint, im Haus wird geschwiegen, die Ache fließt düster. Am frühen Morgen fällt Schnee, keine Spuren sind um das Haus herum zu sehen. Wortlos gehen die Stelzenbauerin und die Eheleute zur Kirche – ohne den Stofferl. Sie kommen ohne ihn nach Hause und setzen sich ohne ihn an den Mittagstisch. Dann geht ein jeder seinen Verrichtungen nach, während denen die Schwiegermutter ohne Unterlass weint. Beim Abendbrot räuspert sie sich, offenbar will sie nun doch mit der Mizzi und dem Karl reden: „Ohne meine Söhne ist alles aus! Aus ist's, denn mein Stofferl ist tot – bei diesen Temperaturen ohne Dach über dem Kopf!"

Am nächsten Tag spannt die Stelzenbauerin die Pferde an und fährt zusammen mit der Mizzi zur Wache. Der Gendarm ordnet gleich eine Suche an. Er kennt den Stofferl vom Stammtisch und kann sich auch nicht vorstellen, dass einer wie der junge Stelzenbauer sich vor dem Krieg fürchtet. „Der Stofferl ist ein Mann, kein Feigling!", poltert der Gendarm und haut mit der Hand auf seinen Schreibtisch. Das ganze Dorf ist jetzt auf den Beinen. Man verfolgt jede Fährte. Doch die Suche bleibt ohne Ergebnis.

Zwei weitere Tage hockt die Schwiegermutter in der Stube und weint. Am Mittwoch klopft der Gendarm. Er komme mit schlechter Nachricht: Man habe den jungen Stelzenbauer gefunden, er sei in einem verschütteten Brunnen erfroren, hundert Meter vom Haus entfernt. Warum er da hineingeklettert und nicht wieder herausgekommen sei, obwohl er seinen Kopf sogar über den Rand hätte strecken können, lasse sich nicht mehr herausfinden. Von dem Gerede der Leute will die Stelzenbauerin nichts wissen. Mizzi hört es wohl, wie sie nach dem Gottesdienst tuscheln, aber sie geht einfach weiter. Die einen sind davon überzeugt, dass der Stofferl sich vor dem Krieg hat drücken wollen, die anderen meinen, dass er vielleicht hineingefallen, bewusstlos geworden und erfroren sei. Der Gürtner wiederum will gehört haben, dass einer aus dem Tirolerischen im Dorf gewesen sei. Möglicherweise habe der den Stofferl auf dem Gewissen. Und Mizzis Mutter ist der festen Überzeugung, dass ihn die Drud geholt habe oder der Leibhaftige selbst, weil er kein guter Mensch gewesen ist. „Für einen wie den Stofferl ist beim Herrgott kein Platz!", sagt sie entschieden.

Die Stelzenbauerin weint weiter, geht jeden Tag zum Friedhof und spricht sonst kaum ein Wort. Einmal hört die Mizzi sie, wie sie nach der Messe dem Hochwürden zuraunt, dass ihr Jüngster noch leben würde, wenn der Herr Pfarrer ihr damals nicht den fremden Bankert angedreht hätte. Und dass es eine Schande sei, die Fremden im Haus zu haben und die eigenen Kinder begraben zu müssen.

Nach der Beisetzung vom Stofferl ist die Schwiegermutter noch böser geworden. „Jetzt kannst du dich ins gemachte Nest setzen, Krügelwascherin!", zischt sie die Mizzi nach dem Leichenschmaus an. „Aber auf den Namen brauchst du dir nichts einbilden, Mädchen. Eine Stelzenbauerin ist mehr als nur ein erheirateter Name. Und eine Krügelwascherin bleibt auf Lebzeit eine Krügelwascherin." Mit dem Karl spricht sie gar nicht mehr, obwohl sie bei allen Mahlzeiten am Tisch sitzt und mit durchdringendem Blick das junge Ehepaar anstarrt. Dabei nimmt sie von der Suppe nur ein paar Löffel, vom Brot eine halbe Scheibe und trinkt ausschließlich Wasser. Ein Jahr später wird auch sie zu Grabe getragen. Woran sie gestorben ist, lässt sich nicht sagen, vielleicht aus Gram, vielleicht aus Bosheit. Krank war sie jedenfalls nicht, hat der Bader bestätigt.

DIE NEUE STELZENBAUERIN

Nach dem Tod der alten Stelzenbauerin kommt die schönste Zeit im Leben der jungen Eheleute. Zusammen bewirtschaften sie den Hof, eine Tochter wird geboren. Sonntags gehen alle in die Messe, der Karl mit steifem Bein, seine Frau an seiner Seite.

Und so ist aus der Mizzi dann doch – wie es der Teufel will – eine ganze Stelzenbauerin geworden. Es ist eine glückliche Zeit, aber immer wieder taucht wie aus der Versenkung das Lisei auf. Und auch heute noch braucht es nicht viel und die Mizzi sieht das Gesicht der Freundin vor sich, wie sie lacht und den Prügelweg hinunterrennt. Wenn die Mizzi Schwammerl isst, muss sie an die Freundin denken. Wenn sie eine Brücke überquert, wenn es regnet, wenn sie in den Himmel schaut, wenn sie blaue Tinte oder eine Spinne sieht – mit einem Mal steht dann das Lisei vor ihr, so echt, als ob sie nie gegangen wäre.

Auch heute, da die Mizzi eine alte Frau ist, drehen sich ihre Gedanken oft um die Freundin, die so früh hat sterben müssen. Jetzt sitzt sie in ihrem Zimmer im Altenstift. Alles kommt ihr fremd vor. Sie ist die Letzte, die dabei war, als das Lisei gestorben ist. Aber von den Geschichten, die sie mit sich herumgetragen hat, will keiner mehr etwas wissen. „Das ist das Lisei", sagt die Mizzi und deutet auf das schmächtige Mädchen am Rand einer Schwarz-Weiß-Aufnahme. Die Frau, die „Mutti" zu ihr sagt, nickt. „Wer hat denn das Lisei unter Wasser gedrückt?", fragt die Mizzi. Die Tochter schüttelt nur den Kopf. Dass sie es nicht mehr herausfinden wird, warum das Lisei so früh hat sterben müssen, das nagt an der Mizzi. Auch warum das Genick der Toten gebrochen war, darüber denkt sie viel nach. Ob die Unleidl ihre Finger mit im Spiel gehabt haben könnte – sofern es sie überhaupt gibt? Oder ob der Franz ihr Mörder war? Die Mizzi zeigt ihrer Tochter nun eine Fotografie vom Dorffriedhof. „Das Bild kann ich nicht anschauen, ohne an die Minzerin zu denken", sagt sie. „Ich weiß nicht, von wem du sprichst, Mutti", meint die Tochter. Sie schüttelt den Kopf und legt die alte Schwarz-Weiß-Aufnahme auf den Tisch zurück. Mizzi wundert sich: Ihre Tochter war damals doch kein Kind mehr, sie muss sich doch an die Minzerin erinnern. Ein Mensch kann doch nicht einfach aus dem Gedächtnis verschwinden. Die Mizzi schließt die Augen, sie kann alles genau vor sich sehen:

Nachdem die drei Freunde von der Minzerin bei Nacht und Nebel zurückgebracht worden sind – 1899, im Jahr des großen Hochwassers –, hat sich die Alte viele Jahre nicht mehr im Dorf blicken lassen. So viele Jahre, dass die Männer am Stammtisch schon Wetten abgeschlossen haben, wer ihr Skelett im Wald als Erster findet. Aber wie es der Teufel will, hat die Minzerin überlebt.

An das genaue Datum ihrer Rückkehr kann sich kein Mensch mehr erinnern, aber mit einem Mal steht eine verrunzelte Frau am Grab der Minzers und singt ununterbrochen. Sie hat eine Decke ausgebreitet und schläft neben dem Grabstein. Und wenn sie wach ist, singt sie weiter. Eigentlich ist es kein Singen, sondern nur Töne, die keine Melodie ergeben. Entsetzliche Klänge. Manchmal trinkt sie Wasser aus dem Brunnen, zu Essen hat sie nichts bei sich. Die Dorfbewohner stehen an der Friedhofsmauer und schütteln die Köpfe: „Wer könnte denn hier eine Andacht halten?", fragt die Döglbauerin. „Ich zünde geschwind eine Kerze an!", meint die Mizzi. „Fernhalten musst du dich von dieser Person!", mahnt die Gürtnerin und schüttelt entschieden den Kopf. Bald will keiner mehr auf den Friedhof gehen, weil niemand der Minzerin begegnen mag. Selbst der Hochwürden ist verunsichert.

Einige Tage vergehen. Der Bogen, den die Dorfbewohner um den Friedhof machen, wird immer größer, der Singsang der Minzerin will kein Ende nehmen. Und dann wird es dem jungen Gürtner endgültig zu bunt. Beim Stammtisch ruft er:

„Schluss muss sein, ein für alle Mal. Der Gauleitung wird Meldung gemacht und basta!" „Basta!", rufen auch die anderen am Stammtisch. Eine wie die Minzerin sei eine Bedrohung für die Volksgemeinschaft, erklärt der junge Gürtner. Und einer wie er redet nicht nur, der handelt auch. Gleich am nächsten Morgen hält ein Krankenwagen am Friedhof und die Minzerin wird mitgenommen. Der junge Gürtner steht dabei und spricht mit einem der Sanitäter, die Mizzi beobachtet ihn genau. Nicht weil sie eine Ratschkatl ist, sondern weil sie wissen will, was mit der alten Frau geschehen wird.

Der Sanitäter ist jedenfalls ein Spezl vom jungen Gürtner. Manches Mal sind die beiden beim Bier im Gastgarten gesessen. Und deshalb erfährt der junge Gürtner mehr als die anderen und dank seiner Redseligkeit bleibt es im Dorf kein Geheimnis, was mit der Minzerin passiert. Noch am gleichen Abend sitzt er beim Stammtisch und macht sich wichtig. „Nach Hartheim ist die Alte!", ruft er. „Bravo", plärren einige dazwischen. „Ein Hund bist du schon, Gürtner!", lobt der Döglbauer. „In Hartheim sitzen die Irren! Ich habe es immer gewusst, dass die Minzerin verrückt ist!", fällt ihm der Schwendner ins Wort. „Unter vier Augen", mischt sich der junge Gürtner wieder ein, „das ist doch kein Leben, wie diese Frau vor sich hinvegetiert. Ich will wetten, dass die das Abendläuten heute nicht mehr gehört hat! Und froh darf sie darum sein." „Soll sie in der Hölle schmoren!", mischt sich der Döglbauer ein, er redet wie seine Frau. Alle nicken und sind sich einig, dass die Entscheidung richtig gewesen ist, den Gauleiter zu informieren. „Wo kämen wir denn da hin, wenn die Geisteskranken unseren Friedhof belagern!", ruft der alte Gürtner in die Runde und klopft seinem Sohn zufrieden auf die Schulter. Daraufhin bestellt der Stammtisch die nächste Runde. Der

Bichler bringt die Geschichte mit der Minzerin zu einem Ende: „Herrschaften!", schreit er. „Das einzig Nennenswerte an der Minzerin ist ihr Todesdatum!" Daraufhin applaudieren alle in der Gaststube, nur die Mizzi poliert weiter die Gläser.

Das alles ist lange her. „Wieso sind die Leute ohne Erbarmen mit einer Frau, die niemandem ein Leid getan hat?", fragt die Mizzi ihre Tochter. Aber die schüttelt nur den Kopf. Über die Minzerin will sie offenbar nicht reden.

„Ich weiß nicht, wie du jetzt darauf kommst. Lass doch die alten Geschichten!", mahnt die Tochter. „Das ewige Grübeln macht dich krank, Mutti!" Aber das Grübeln ist es nicht. Die Wahrheit ist untergegangen, das ist das Schlimme.

Man müsse den Fall noch einmal dem Gendarmen vortragen, meint die Mizzi und will ihrer Tochter das Versprechen abnehmen, dass sie sich darum kümmert. Wenn die Mizzi einmal nicht mehr ist, dann könnte ihre Tochter den Fall weiterverfolgen. Sie hat ihr schließlich alles erzählt. Den Tod der Minzerin müsse man aufklären, sagt die Mizzi. „Dass ein Mensch einfach abtransportiert wird und nicht mehr zurückkommt, das kann doch nicht alle ungerührt lassen. Und was aus dem Bullenohr geworden ist?" will die Mizzi wissen. Irgendjemandem müsse er doch abgegangen sein. „Vielleicht könnte ich bei der Polizei eine Vermisstenanzeige aufgeben?", fragt sie ihre Tochter, aber die winkt nur ab. „Ich verstehe dich nicht, Mutti. Ich verstehe dich einfach nicht mehr!", schluchzt sie und wischt sich die Augen mit einem Taschentuch. Die Mizzi müsste ihre Tochter trösten, aber sie kann nicht nachvollziehen, warum sie mit einem Mal traurig ist.

So viele Fragen treiben die Mizzi um. Sie nimmt sich vor, alles zu notieren und gegen das Vergessen anzuschreiben. „Zunächst muss der Tod vom Lisei aufgeklärt werden!", meint die Mizzi. Aber sie sagt diesen Satz nur noch zu sich selbst, ihre Tochter ist schon gegangen. Mizzi schreibt ihre Gedanken auf, sie fertigt auch eine Skizze von der Ache an und markiert den Ort, an dem ihre Freundin im Wasser gespielt hat und untergegangen ist. Dann legt die Mizzi alle Zettel in einen Stapel auf den Tisch. „Lisei" schreibt sie auf das oberste Papier und unterstreicht den Namen mehrfach. Alles ist nun geordnet und für die, die nach ihr kommen, dokumentiert. Die Fotos liegen in einer Kiste. Mizzi nickt und schaut auf ihre grauen Pantoffeln mit den schwarzen Streifen. Sie muss an das Fell ihrer Katze denken und kann ihr Lachen nicht zurückhalten, weil die Pantoffeln wirklich wie ihre Mimi aussehen. Sie nimmt die grauen Schuhe von den Füßen und hält sie im Arm – fest umklammert. Die Katze beginnt zu schnurren und die Mizzi meint, dass es das Beste wäre, mit dem Tier einfach nach Hause zu gehen. Sie öffnet die Terrassentür. Dass es schneit, stört sie nicht. Ganz im Gegenteil – der Schnee ist ein Gruß von denen, die vorausgegangen sind. Aber am Himmel kreisen drei Raben. Das hat die Mutter ihr beigebracht, dass die schwarzen Vögel von der Drud geschickt werden und Unglück bringen. Als die Vögel sich im Gras niederlassen, erkennt Mizzi, dass es Amseln sind. Dabei kommt ihr der Maler in den Sinn. „Man muss nur genau hinsehen!", hat er immer gesagt.

Jetzt geht sie hinaus, die Katze im Arm. Sie will auf jeden Fall nachschauen, ob in der alten Linde noch die Schaukel ist, die der Onkel für sie dort aufgehängt hat.

NACHWORT

Abgesehen von Anton Müller-Wischin und Richard Strauss und ihren Familien sind alle Figuren dieses Romans frei erfunden. Ähnlichkeiten mit tatsächlich existierenden Personen sind zufällig und nicht beabsichtigt.

Die im Text beschriebenen Landschaften und Gebäude entsprechen der Realität. Ich habe mich dabei an den Abbildungen und ausführlichen Beschreibungen in Josef Bocks „Häuserchronik Marquartstein" orientiert, allerdings wurden die Namen der Bewohner bewusst verändert, um die Persönlichkeitsrechte der nicht öffentlichen Personen zu wahren.

Im Sommer 1899 wurde das Achental von einem enormen Hochwasser überschwemmt, bei dem unter anderem die Holzbrücke zerstört wurde, die vom Bahnhof zum alten Ortskern von Marquartstein führte. Das Dorf war zeitweise von der Außenwelt abgeschnitten, einzelne Häuser wurden bis auf das Fundament von der Strömung abgetragen. Es existieren noch Fotos, auf denen Kinder zu sehen sind, die in der Dorfstraße auf Flößen und in Sautrögen rudern. Auch nach 1899 folgten zahlreiche weitere Hochwasser-Katastrophen im Achental.

Mein besonderer Dank gilt Michael Volk für sein Vertrauen, diesen Roman zu verlegen, sowie den Lektorinnen Nadine Burks und Martina Dolhaniuk, die mit viel Feingefühl dem Text seinen letzten Schliff verpasst haben. Auch bei meinem Mann Peter Straßer möchte ich mich herzlich bedanken, der mich während des gesamten Schaffensprozesses begleitet und liebevoll unterstützt hat.